LENA HACH

Nichts wünsche ich mir mehr

LENA HACH

Nichts wünsche ich mir mehr

ROMAN

BELTZ
& Gelberg

Für Liesel – auch wenn es kein Briefbuchroman ist

MIX
Papier aus verantwortungsvollen Quellen
FSC® C089473
FSC www.fsc.org

Dieses Buch ist erhältlich als:
ISBN 978-3-407-82191-1 Print
ISBN 978-3-407-74831-7 E-Book (EPUB)

in der Verlagsgruppe Beltz · Weinheim Basel
Werderstraße 10, 69469 Weinheim

Lektorat: Christian Walther
Neue Rechtschreibung
Einbandgestaltung: Cornelia Niere, München
Bildnachweis: plainpicture/Alix Marie
Layout: Sarah Veith
Druck und Bindung: Beltz Bad Langensalza GmbH, Bad Langensalza
Printed in *Germany*
1 2 3 4 5 21 20 19 18 17

Weitere Informationen zu unseren Autoren und Titeln finden Sie unter: www.beltz.de

Eins

»Geh ruhig vor«, sage ich. »Das hier dauert ’ne Weile.«

Ich halte meine Adidas hoch, die Schnürsenkel zum Gordischen Knoten geschlungen. Ach, wie gut, dass niemand weiß: Die Täterin bin ich selbst, der Einfall kam in letzter Sekunde.

»Du Arme«, seufzt Thea. »Mein Bruder kommt nie auf solche Ideen.«

»Tja, Henri ist halt ein besonders gelungenes Exemplar.« Ich versuche ein Grinsen. In letzter Zeit fällt es mir schwer, die Mundwinkel hochzuziehen. Es schmerzt in den Wangen, als würde ich gekniffen. Früher war das anders, früher war ich anders. Lustig. Nicht so sarkastisch. Spontan. Nicht so zögerlich. Ich könnte hundert Beispiele nennen.

»Kaum zu glauben, dass Henri zwei Jahre älter ist als wir«, murmelt Thea. »Du kannst echt froh sein, dass er auf eine andere Schule geht.« Unschlüssig steht sie in der Tür. Sie kommt ungern zu spät.

»Echt«, sage ich. »Du kannst vorgehen.« Da tut sie’s, läuft runter in die Halle, wo die Sohlen schon quietschen. Ich sehe Thea einen Moment hinterher, fast wünsche ich sie mir zurück. Irrsinnig. Noch so etwas, das ich früher nicht war. Als der Schnürsenkel-Knoten gelöst ist, stelle ich mich wie geplant vor den Spiegel. Das geht nur allein. Ich kontrolliere meine Frisur, drapiere die Strähnen, ziehe das Zopfband fest. Damit bin auch ich bereit für Sport.

Balancieren und springen, überschlagen, rollen und wieder aufstehen. Neunzig Minuten lang, jeden Montag. Weil der Lehrplan sagt: Auch Einzelsportarten müssen sein. Leichtathletik hätte ich lieber belegt, aber der Kurs war schon voll. Ich habe keine Pechsträhne. Ich habe einen Pechschopf. Schön wär's.

Dass Frau Heinrich deutsche Meisterin im Turnen war, glaubt man sofort, so durchtrainiert, wie sie ist. *Sehnig*, würde meine Mutter sagen, mit Respekt in der Stimme. Meine Mutter mag Frauen, die sich im Griff haben, von lackierten Fußnägeln bis hin zu frisch geschnittenen Haarspitzen. Bei Männern ist sie schon beeindruckt, wenn sie an frische Wäsche denken. Meinem Vater legt sie jeden Tag was raus.

Wir laufen ein paar Runden, dann geht es ans Dehnen. Ich schnappe mir einen Platz an der Wand, da, wo die blauen Matten festgebunden sind. Aufwärmen ist keine große Herausforderung, aber manchmal will die Heinrich, dass wir uns auf und ab rollen, auf und ab, jeden Wirbel einzeln, und da habe ich lieber niemanden hinter mir. Ob sich meine Unterhose abzeichnet, kümmert mich nicht.

Thea will wissen, warum ich immer hier hocke.

»Die Matten stinken«, sagt sie.

Klar tun sie das. Barbarisch. Aber es gibt Schlimmeres.

»Ist bequem«, behaupte ich und lehne den Kopf hinten an. Irgendwie geht das schief, ich schätze den Abstand falsch ein. Das Band in meinem Haar löst sich. Keine Kleinigkeit.

»Ich muss mal«, murmle ich und verschwinde schnell Richtung Umkleide.

*

Auch wenn er seine Finger nicht im Spiel hatte: Die Sache mit den Schnürsenkeln sieht Henri ähnlich. Einmal schwatzte er einem Kumpel einen ausrangierten Mac ab. Auf dem leuchtenden Apfel platzierte er genau den Theater-Aufkleber, der auch auf dem Laptop unseres Vaters prangt. Nur, um ihn glauben zu lassen, er sei kaputt. Mein Vater, der seine ganzen Arbeitsblätter darauf speichert, alle Klausurvorlagen und die Vornoten, klappte den Laptop auf und zu, immer wieder, immer hektischer. Probierte sämtliche Ladekabel und Steckdosen durch, fluchte, rief seine Kollegin an, die sich mit dem ganzen Technikkram auskennt, aber nicht zu erreichen war. Er hinterließ ihr einen Monolog auf der Mailbox und hätte das Scheißteil am liebsten aus dem Scheißfenster geschmissen.

Im Türrahmen stehend, beobachtete ich das verzweifelte Ein-Mann-Stück. Ich erinnerte mich an etwas, das ich mal gelesen hatte: *Komödie = Tragödie + Zeit*. Das Zitat hatte ich mir für meinen Vater gemerkt. Aber jetzt war nicht der richtige Augenblick.

Henri stellte sich neben mich, frisch geduscht, wie ich ihn am liebsten mag. Von dem seifensauberen Bruder ging ein Beben aus. Er schüttelte sich vor Lachen und hielt den richtigen – funktionierenden – Mac wie eine Trophäe in die Luft.

»April! April!«, rief Henri. Ein unverbesserlicher Kindskopf trotz seiner achtzehn Jahre. Es scherte ihn nicht, dass Oktober war. Und nicht mal der erste.

So ist er, mein Bruder. Und das erklärt vielleicht, warum ich ihm kein Wort glaubte. Zwei Monate später. Das war schon im neuen Jahr.

»Katha, du kriegst 'ne Glatze.«
»Nice try«, sagte ich.

*

Aufwärmen ist das eine. Turnen das andere und weitaus Schwierigere. Man kann nicht jede Woche Regelschmerzen haben, und genau genommen sind die auch kein Grund, nicht mitzumachen. Sagt die Heinrich, die es wissen muss oder auch nicht, weil Kunstturnerinnen bekanntlich so abgemagert sind, dass deren Eizellen keine Kraft zum Springen haben. Falls sie überhaupt reif dafür sind.

Bei einer Flugrolle kommt man nicht mit dem Kopf auf. Man rollt über die Schultern ab, das Kinn an die Brust gezogen. Trotzdem kann ein Zopf verrutschen, ein Band und mehr oder weniger Verwurzeltes sich lösen. Deshalb taste ich nach jedem Überschlag, nach jeder Rolle meinen Hinterkopf ab. Ein flüchtiger Kontrollgriff, den niemand bemerken soll. So, wie wenn man mit der Hand unter die Achsel fasst und heimlich an den Fingern schnuppert. Mit dem Unterschied, dass das alle tun. Was ich mache, macht keiner. Niemand sonst hat es nötig.

»Hast du dir wehgetan?«, fragt die Heinrich und runzelt die Stirn. Sie sitzt auf der Bank, auf den Knien Papier, hat alles genau im Blick, jeden Haltungsfehler, jede Unterbrechung im Ablauf, jede unvorgesehene Bewegung. Ich schiebe meine Hände in nicht vorhandene Hosentaschen.

»Nee, warum?«

Sie schüttelt den Kopf, macht sich eine Notiz.

*

Mit süßstoffsüßem Kaffee hocken wir hinter der Schule bei den Containern. Die Märzsonne scheint; ein wahres Pausenidyll. Sport liegt für eine Woche hinter mir.

»Nikolas hat diesen Tick«, sagt Thea und nippt an ihrem Becher. »Ständig fasst er sich an den Hosenstall.«

»Pervers!«, ruft Charlie begeistert. »Und ich dachte schon, an dem Unglaublichen Nikolas gibt es nichts auszusetzen.«

Sie spricht den Namen Französisch aus, verzichtet auf das S am Ende.

»Gibt es auch nicht«, sagt Thea und schiebt Charlie einen kleinen Ellenbogen in die Seite, Kaffee schwappt über. Eine Verschwendung, die keinen interessiert, weil die Brühe nur ein Requisit ist. Wir kaufen sie, um was in der Hand zu halten, das billig ist und uns nicht gleich umbringt. Würde an Theas Onkel nicht der Krebs nagen, wären es wohl Kippen.

Warum wir bloß Süßstoff nehmen? Ich weiß es nicht.

»Und ob das pervers ist! Eine Variante von Taschenbillard. Hosenstallbillard.«

»So ist das nicht«, sagt Thea.

»*Hosenstall.* Was ist das überhaupt für ein Wort?«, frage ich.

»Ein altertümliches«, meint Charlie. »Aus einer längst vergangenen Zeit, in der die Menschen noch zu Pferde unterwegs waren. Heute wäre es natürlich die Hosengarage.«

»Nein, der Hosencarport.«

Das gefällt Charlie.

»Dein Liebster fasst sich also immer an den Hosencarport. Das ist kein Tick. Das machen achtundneunzig Prozent der Typen, die ich kenne.«

»Du kennst die falschen.«

»Ich kenne sie alle.«

Thea geht nicht darauf ein, sie guckt mich von der Seite an.

»Ich vermute, Niki will sichergehen, dass der Reißverschluss zu ist. Ihr wisst schon. Damit keiner sieht, was keiner sehen soll.«

»Du meinst seinen Mini«, sagt Charlie. »Oder ist es etwa ein Kombi? Oder warte, eine Stretchlimousine?«

Charlie gluckst vor Vergnügen, als Einzige. Wir haben uns daran gewöhnt.

*

Was keiner sehen soll, hat Henri, mein großer und einziger Bruder, zuerst gesehen. Vor zwei Monaten, nach meiner Mandelentzündung. Januar war es und der Schnee nicht mehr schön, schmutzig von Raketenpappe und Hundedreck. Wir standen im Bad am Waschbecken, wo Henri sich normalerweise vor mich drängt, um mich ein bisschen zu ärgern und sich noch mehr zu freuen. An dem Morgen aber stand er hinter mir, hatte beste Aussicht. Ich sah das Übliche, weiße Fliesen, graue Fugen und einen Klecks Zahnpasta. Über Kopf föhnen bringt mehr Volumen, hatte ich gelesen. Henri sprach laut, brüllte fast, um das Gebläse zu übertönen. Ich verstand ihn gut.

Ich glaubte ihm nicht.

Katha, du kriegst 'ne Glatze.

Nice try.

Nice try. Was kam ich mir cool vor, mitten in unserem tropenheißen Bad! Da zückte Henri sein Handy, blitzschnell, drückte auf den Auslöser und hielt das Display nah vor mein Gesicht.

Darauf: Zwei runde Stellen, münzgroß und von einem Weiß, für das ich keinen Namen wusste. Ich kapierte nicht gleich. Der hat sich heute Nacht in mein Zimmer geschlichen, dachte ich. Der hat mein Haar angehoben und mit seinem superduper Elektroding hier und da gemäht. Henri macht doch so was! Das ist doch so einer! Wer für einen Scherz extra einen alten Laptop anschleppt.

»Du spinnst ja!«

Als ich Henri einen Stoß versetzte, hart vor die Brust, fiel sein Handy auf die Fliesen. Ein Splittern. Das Display wie von Spinnweben überzogen. Mein Bruder hob das Handy auf und ließ mich allein. Brüllte nicht, fluchte nicht mal.

*

Eine Wolke versteckt die Sonne, der Kaffee ist kalt und wir sitzen immer noch zwischen den Containern. Sprachlos für einen kurzen Moment, weil Jasper vorbeiläuft, unglaublich lässig, in der Hand eine Birne. Jasper Bergemann, der erst seit Kurzem an unserer Schule ist und den schon jeder zu kennen scheint.

Was ich sagen wollte, falls ich was sagen wollte, weiß ich nicht mehr. Die Buchstaben haben sich aufgelöst, bevor sie sich zu Wörtern ordnen konnten. Weil sie gar nicht so schön sein können wie die dunklen Jasper-Locken, die breiten Jasper-Schultern und der ganze wunderbare Rest. Das Lächeln, zum Beispiel. Oder vor allem. Das verschmitzte Jasper-Lächeln.

So muss es am Grand Canyon sein, an einer dieser Plattformen. *Scenic View*. Man will einfach nur gucken und staunen, und das ist auch genug, wenigstens fast, weil man weiß: Näher kommen geht nicht. Das können nur andere, mit dem richtigen Equipment. Mit Wander- oder besser noch Siebenmeilenstiefeln und so was wie Chuzpe. Dann bückt man sich vielleicht nach einem mickrigen Stein und denkt, das ist jetzt ein Souvenir und muss reichen.

Jasper wirft das Birnengehäuse ins Gebüsch. Aber das hebe ich nicht auf. Ich bin nicht bescheuert. Vielleicht wächst da mal ein Baum.

»Jasper«, gibt Charlie von sich, als er uns nicht mehr hören kann. Die erste Silbe stöhnt sie, die zweite flüstert sie und für einen Moment kann ich sie nicht leiden.

Fakt ist: Ich habe keinen Alleinanspruch auf Jasper Bergemann. (Ob er wegen seines Namens klettert? Angeblich hat er Meisterschaften gewonnen.) Alle dürfen schmachten. Aber wer dabei klingt wie eine Sexhotline, der hat nichts kapiert.

Vielleicht nervt Charlie mich auch nur deshalb so sehr, weil sie schon wieder die alte Leier von ihrem Pony bringt.

»Der hängt so schlaff runter. Das ist bestimmt das Chlor.«

Charlie hat Schwimmen gewählt. Hätte ich auch tun sollen. Die Schwimmer tragen Badekappen.

»Nass sind die Haare auch noch«, jammert sie, und am liebsten würde ich schreien. *Du hast Probleme!*

»Sieht bestimmt voll fettig aus.«

Thea drängt zum Aufbruch, sie greift nach ihrer Tasche und wirft mir meinen geliebten Beutel zu. Vorne drauf ist ein roter Siebdruckfuchs, der immer gute Laune hat.

»Lasst uns was essen«, sagt sie und geht los.

*

Im Badlicht schienen die zwei Stellen so schützbedürftighell, dass ich mit meinen Fingerkuppen immer wieder darüberstrich. Wollte sie warm halten, wollte mich trösten. Es war alles so surreal.

Dann fand ich die Abtrünnigen. Gut verborgen im Ablauf der Duschrinne, als wollten sie keine Umstände machen, als täte es ihnen leid.

Aus der Rinne gezogen, hielt ich die Haare ins Licht. Ein dreckiger Klumpen, nass und verklebt. Wegwerfen mochte ich ihn dennoch nicht, konnte ich nicht, zumindest nicht gleich.

Ihr gehört doch zu mir, dachte ich. *Ich brauche euch doch. Was macht ihr denn da?* Eine Antwort blieb aus. Nur in Märchen sprechen leblose Dinge.

*

Kaum eingeweiht, bestand meine Mutter auf einem Termin beim Hausarzt. Im Wartezimmer voller triefender Nasen war nur noch ein Platz an der bollernden Heizung frei. Ich lehnte mich an die Wand und zählte die Sekunden.

Wieder auf der Straße, hielt meine Mutter eine Überweisung in der Hand. Wer runde, münzgroße Stellen auf dem Kopf hat, muss zum Hautarzt, kriegt sofort einen Termin und von den Sprechstundenhilfen ein unfassbar herzliches *Hallo*. Es war lieb gemeint, lieber geht es gar nicht und genau deshalb wurde mir schlecht. Ich ahnte, dass so eine Begrüßung nichts Gutes bedeutet.

*

»Was war das denn?«, will Charlie wissen. Sie sieht von der zweifelhaften Lasagne auf. Der Brocken, der uns für den Nachmittagsunterricht stärken soll, liegt im Magen wie ein ganzer Käselaib. Die Koch-AG gehört abgeschafft.

»Na, das da! Der da!«

Charlies Gabel ist ein Spieß, gerichtet auf die Zwölfer. Auf Jasper. Ich ziehe ihren Arm nach unten.

»Bist du verrückt?! Was soll der denn von uns denken?«

»Wer?«, fragt Charlie und grinst. »Jasper?!«

Da ist es wieder, das Stöhnen und das Flüstern.

»Ehrlich gesagt wüsste ich das wirklich gern, was der von uns denkt. Beziehungsweise von dir.«

Dieses Grinsen!

»Wie meinst du das?«

»Wie meinst du das?«, äfft Charlie mich nach. »Der hat sich schon zum zweiten Mal nach dir umgedreht. Und vorhin bei den Containern auch.«

»Quatsch«, sage ich.

»Kein Quatsch«, sagt Thea, und weil sie bis jetzt die Klappe gehalten hat, will das was heißen.

Damit die beiden nicht merken, dass es mir runtergeht wie Öl, wie Wachs und geschmolzener Käse, konzentriere ich mich auf meinen Teller und sage kein Wort.

In mir hüpfen Fragen herum: Seid ihr wirklich sicher? Wann genau hat er sich umgedreht? Wie hat er dabei geguckt? Hat er vielleicht nur aus dem Fenster gesehen? Und was habe ich in dem Moment gemacht? Hatte ich den Mund offen? (Klebte was zwischen meinen Schneidezähnen?) Und vor allem: Was bedeutet das?

Das Beste an besten Freundinnen: Man muss all die Fragen nicht stellen, um Antworten bemühen sie sich von allein.

Statt am Nachmittag ein unappetitliches Gedicht von Benn zu sezieren, sind die Jasper-Blicke dran. *Der steht auf dich*, die Diagnose. Mit warmen Ohren glühe ich zwischen Thea und Charlie, vergesse sogar, zur Toilette zu gehen, um einen prüfenden Blick in den Spiegel zu werfen. Ich kann nur tasten, ob alles noch sitzt.

*

Partnerarbeit ist keine Gruppenarbeit. In Englisch müssen wir uns aufteilen, Charlie, Thea und ich.

»Machen wir zwei?«, fragt Elias, steht plötzlich einfach neben mir, den Stuhl schon in der Hand. Ich nicke und rücke zur Seite. Elias ist mein Krabbeldeckenfreund, wenn nicht noch mehr. Vor unserer Geburt haben unsere Mütter gemeinsam atmen geübt, später zusammen ihre Beckenböden trainiert. Es gab eine Zeit, da dachte ich: Ich bin verknallt. (Elias hat perfekte Zähne.) Dann kam die Phase, in der es schien, als hätte es ihn erwischt. Da interessierte Elias mich nicht mehr, zumindest nicht mehr so richtig.

Mittlerweile würde ich uns Kumpel nennen. Obwohl da manchmal ein Rest rosarotes Brausepulver in meinem Bauch ist – und bestimmt auch in seinem –, jedenfalls, wenn wir betrunken sind.

»Was sollen wir eigentlich machen?«, frage ich, habe nicht aufgepasst, vor lauter Jungsgedanken. Orientierungslos blättere ich in *Lord of the Flies*.

»Keine Ahnung«, sagt Elias. »Im Zweifel ein Standbild.«

Er schmeißt sich vor Referendarsaugen auf den Boden, streckt die Arme zu mir.

»Was soll das?«, frage ich.

»Ich bin Piggy. Du der Fels. Spring!«

Ich habe keine Ahnung, wovon er spricht. Hätte das Buch wohl lesen sollen. Ich lache trotzdem, weil es Elias ist. Weil Elias immer alle zum Lachen bringt.

*

Ich bin Meisterin darin, meinen Schädel zu untersuchen. Kann mich im Bad einschließen, stundenlang. Eine Bürste, ein Kamm und ein Spiegel meine einzigen Begleiter. Nur mit Vorsicht dürfen die Instrumente eingesetzt werden; damit nicht noch mehr verloren geht. Verfolgte mich eine Wassernixe, wie in dieser alten Geschichte, ich wüsste mich zu verteidigen. Aber was macht man mit Haaren, die beschlossen haben, dass es Zeit ist, zu gehen?

Am Abend des missglückten Standbilds entdecke ich eine neue Stelle, nur einen Fingerbreit entfernt von einer anderen. Tun sie sich zusammen, verbünden sie sich gegen mich, muss ich eine neue Frisur erfinden. Einen Zopf, der seitlich am Kopf sitzt wie ein drittes, haariges Ohr.

Die Kunst ist, dabei nicht wie ein Freak auszusehen.

Die Unmöglichkeit, jetzt nicht in Tränen auszubrechen.

*

Die Hautärztin hatte einen roten Pixieschnitt, der sah aus wie gefärbt. Nachdem sie mich untersucht hatte, die Haare wie Laub zur Seite fegte und daran zupfte, um zu prüfen, wie fest sie sitzen, hielt sie meine Wangen. Blickte mich mit Bernadineraugen an und fragte, wie alt ich sei. Mein »Sechzehn« klang so trotzig, dass meine Mutter die Stirn runzelte. Ein Blick wie der eines Mopses, der kein Leckerli kriegt, obwohl er doch so brav Sitz macht und Männchen. Im Raum entschieden zu viele Hunde. Treudoof, allesamt. Was hätte ich gegeben für eine Raubkatze, einen Löwen, ein Ungeheuer. Das mich verteidigt oder lieber noch auffrisst mit Haut und Haaren. Den restlichen. Ha, ha. Doch mir blieb das Lachen im Hals stecken. Da saß schon ein Tränenkloß. Meine Mutter beantwortete die letzte Frage (»Gibt es Vorfälle in der Familie?«)

mit einem zögerlichen Ja. Doch der betroffene Großvater, von dessen Haarausfall ich bis eben nichts wusste, ist längst tot.

»Wir könnten noch ein bisschen warten«, seufzte die Ärztin. »Aber ehrlich gesagt würde ich dich vor diesem Hintergrund gern direkt zu einer Kollegin mit einer speziellen Sprechstunde schicken. Es gibt bestimmte Therapien, die in deinem Alter vielleicht gerade schon so infrage kommen.«

»Wir haben Koffeinshampoo gekauft«, übernahm meine Mutter.

»Du hast das gekauft«, sagte ich.

»Wir dachten, wir probieren es mal damit?«

»Du hast das gedacht.«

Die Antwort der Ärztin war, keine zu geben. Stattdessen bat sie mich, eine Faust zu machen, sie wollte mein Blut. Ich grub die Fingernägel so tief in meine Handfläche, dass vier Halbmonde aufgingen. Der Schmerz tat gut, er ließ mich an Lindys Schwester denken, von der es heißt, dass sie sich ritzt. Ich drückte ein bisschen fester.

»Ich habe gesagt, du kannst die Faust jetzt wieder öffnen.«

Der Ärztin war anzusehen: Sie hätte mir zum Trost gern einen der Lollis geschenkt, die in einem großen Glas auf kleine Patienten warteten. Stattdessen bekam ich ein Rezept für eine Creme. Und lernte ein neues Wort.

*

Alopecia areata. Ein Name, der nach botanischem Garten klingt. Nach wild wucherndem Grünzeug, einer tropischen Kletterpflanze. Eine seltene Lianenart, die im Boden wurzelt und ihre Blätter in der Krone entfaltet. Oder eine Orchidee mit knallfarbiger Blüte, rot, pink, mit weit verzweigten Luftwurzeln.

Tatsächlich gilt: Wäre Alopecia eine Pflanze und keine Krankheit, sie wäre ein Kaktus. Oder der Ficus, den man seit jeher zu gießen vergisst. Der ohne ein Blatt in der Ecke steht. Man könnte auch sagen: Kreisrunder Haarausfall.

*

Jasper war schon immer ein Punkt auf meinem Radar. Jetzt ist er der einzige, leuchtend grün wie der Stern auf seinen Sneakers. Nähere ich mich der Schule, nähere ich mich ihm, erhöht sich meine Pulsfrequenz und ich vergesse meinen Kopf, bin nur noch Herz und Bauch. Und zwei stolpernde Füße.

In der Cafeteria bin ich mir bewusst, wo er ist, mit wem er redet und habe auch im Rücken Augen. Eine Wahrnehmungsübung aus dem Theaterkurs. Jasper ist keiner von denen, die durch den ganzen Raum zu hören sind. Er lacht nicht lauthals, er lacht leise, als habe er irgendwas vor, als wisse er irgendwie mehr. Dann sind da noch die zwei Grübchen, die ä-Tüpfelchen auf seinem Lächeln.

Da man die nur aus der Nähe sieht, stehe ich auch auf, als er es tut. Charlie muss mich nicht mal schubsen. Wir gehen Richtung Theke, Jasper voran, ich hinterher, der Abstand wird klein und kleiner. Ich halte die Luft an, das Radar überschlägt sich, in meinen Ohren beginnt das Rauschen. Als ich dran bin, bestelle ich mit dem Zeigefinger, der stummste aller Fische im Meer.

»Seit wann isst du denn so was?«, fragt Charlie.

Ich schüttle den Kopf, versuche, den Rest des Rauschens aus den Ohren zu locken.

»Tut sie nicht«, weiß Thea, die Kleinste, Dünnste, die immer Hunger hat. Sie schnappt sich das Brötchen, beißt rein, wie ich es nur meinen Bruder habe tun sehen; die Hälfte ist in ihrem Mund verschwunden. Ich weiß schon: Will man anziehend wirken, sollte man sich etwas anderes kaufen als einen dick mit Mett bestrichenen Brötchenhintern, garniert mit einer rohen Zwiebel. Das Petersilienblättchen macht es auch nicht besser. Aber nicht nur meine Speisenwahl ist mehr als daneben.

Ich bin die Bescheuertste im ganzen Land, weil ich für den Bruchteil einer Sekunde dachte, vielleicht ist ja was Wahres dran. Vielleicht stimmt ja, was die besten Freundinnen behaupten: *Der steht auf dich.* Von wegen! An der Theke hat er mich nicht einmal bemerkt, quatschte stattdessen mit einem lönnebergablonden Pagenkopf.

*

»Ich bin einfach ein Busentyp«, hörte ich meinen Bruder vor Jahren am Telefon sagen. Mein Dekolleté gab nichts her, und es war nicht zu erwarten, dass sich das ändern würde in nächster Zeit. Mir blieb nichts übrig, als Henri auf den Fuß zu stampfen, vorne, wo die Zehen sind.

Jetzt, da mein Kopf wie von Geisterhand gerodet wird, bin ich auch ein Typ. Ein Haartyp, von der schlimmsten Sorte. Nicht nur den Jungs starre ich aufs Haupt, mehr noch den Frauen, am meisten den Mädchen, die so alt sind wie ich. Auf Scheitel und Wirbel glotzend, analysiere ich Struktur, Schnitt, Farbe und vergesse dabei, den Leuten in die Augen zu sehen.

*

Jaspers Unerreichbarkeit hat etwas Gutes. Er wird mir nie gefährlich werden, mir nie zu nahekommen. Also kann ich von ihm träumen. Doch das lässt die Sehnsucht wachsen, die ab einer gewissen Größe fast körperliche Schmerzen bereitet. Nach einer Woche habe ich die Jasper-Theorie meiner Freundinnen satt. Reiner Selbstschutz. Verdammte Münchhausengeschichte, denke ich, motze rum, nichts passt mir.

»Ich brauch jetzt 'ne Pizza«, murmle ich und lasse Thea und Charlie auf dem Pausenhof stehen. Normal gehen wir immer zusammen.

Meine schlechte Laune ist ein Glück. Denn als ich allein den Weg zum Pizza-Sprinter gehe, der freitags am Sportplatz hält, um Schülermägen unerlaubt und aufs Leckerste zu stopfen, kommt mir ein Paar dunkle Augen entgegen. Das Leuchten in ihnen hält mich fest. In dem Moment, in diesem Augenblick, erfahre ich am eigenen Leib, der nie so lebendig war: Vier Augen, die können sein wie vier Magnete, Pluspol, Minuspol, das ist Physik für Einsteiger und jede Menge stimmige Chemie.

»Hey«, sagt Jasper.

In mir setzt etwas aus, nur für den Bruchteil einer Sekunde zwar, aber ich schwöre: Kurz ist es stehen geblieben, mein Herz.

Hey.

Hey. Damit bin ich gemeint, nur ich, weil da absolut niemand anderes ist, dem das Wort gelten könnte. Gewissheit gibt ein Schulterblick.

Hey. Als ob wir uns kennen würden. *Hey.*

Ich sage nichts, kann nichts sagen, möglicherweise nie mehr, aber in meinem Bauch geht eine Sonne auf, die nehme ich mit nach Hause.

*

Am Abend, im Bett, beschließe ich: Hey ist viel schöner als Hi. Charlie hat es bestätigt. Ich habe ihr eine Nachricht geschrieben, weil ich nicht schlafen kann.

Und dann wähle ich noch Theas Nummer. Sie hebt beim ersten Klingeln ab, ein lang gezogenes Heeeyyy verrät: Sie ist längst informiert. Aber trotzdem darf ich noch mal erzählen, alles ganz ausführlich und von Anfang an. Dafür könnte ich sie küssen.

Eine Stunde später schlafe ich immer noch nicht. Wie wunderbar es ist, zur Abwechslung wegen *so was* wach zu liegen. Einmal nicht grübeln über die kreisrunden Stellen, die meinen Kopf besetzen, in feindlicher Absicht. Mich einmal nicht fragen, ob die Stellen heute vielleicht bemerkt wurden, von Aynur oder Lindy. In Physik haben die beiden getuschelt. Zugegeben, das tun sie ständig. Dennoch bin ich mir sicher: Dieses Mal drehte es sich wirklich um mich.

Zu denken, ich bin die Hauptperson in jedem verdammten Flüstergespräch. Das ist mit das Schlimmste.

*

»Ich sage ja nur, es könnte sein.«

Die Stimme, die in meine Mutter dringt, gehört ihrer Freundin Claudi. Die mochte ich noch nie.

Schon allein wie sie ihren eigenen Namen ausspricht, Claudiii, das i penetrant lang gezogen, sodass es kein Spitzname mehr ist: Da kann man auch gleich Claudia sagen.

Sie sitzen in der Küche, bei einem späten Glas Wein, das in Wahrheit eine sehr späte Flasche ist. Ich will bloß Wasser holen, weil Schwärmen durstig macht.

»Ich kann mir das nicht vorstellen. Beim besten Willen nicht. Die Ärztin hat ihre Diagnose gestellt –«

»Ärzte können sich irren. Du hast doch gesagt, dass sie noch jung war. Und euch woanders hingeschickt hat.«

»Ja, es wird Zeit, dass wir zu dieser Spezialistin kommen.«

»Das stand im Forum auch. Ein Spezialist ist das A und O.«

A und O. Wie ich die beiden Buchstaben hasse, in dieser Klugscheißerkombination. Nach einer Pause geht es weiter, besänftigend, auf Schlangenart.

»Ich weiß, was ich gesagt habe, klingt schrecklich.«

»Es *ist* schrecklich!«, ruft meine Mutter. »Sich die Haare ausreißen! Warum sollte Katha so was tun?«

»Ich sage ja nicht, dass sie es tut. Ich sage nur, es könnte sein. Es ist eine psychische Störung, die gar nicht so selten ist. Hat Katha denn Sorgen? Vielleicht in der Schule, mit Jungs?«

Neugierige Kuh! Weil sie selbst keinen abkriegt, will sie sich wohl aufgeilen mit fremden Geschichten, einem Schulmädchen-Report aus dem Freundinnenkreis. Als ich zurück ins Bett schleiche, ist die Sonne in meinem Bauch erloschen. Ein kalter Halbmond sticht in meine Eingeweide.

*

»Jetzt bist du dran«, fällt Charlie in Englisch ein. »Er hat den ersten Schritt gemacht.« Am Whiteboard eine Figurenskizze, jetzt weiß ich auch, was aus Piggy wird.

»Er hat nur Hey gesagt«, protestiere ich, weil ich noch einmal hören will: »Richtig. Er hat Hey gesagt. Wenn das kein erster Schritt ist, was dann?«

»Genau genommen ist es eine Interjektion«, sagt Thea, ohne von ihrem Block aufzublicken. »Aber eine besonders gelungene.«

Allein der Gedanke an einen zweiten Schritt macht mich nervös. Fummle mit Daumen und Zeigefinger an dem Loch in meiner Jeans, mache es noch ein bisschen größer. Bald ist das ganze Knie zu sehen.

»Und was soll ich jetzt tun?«

»Babysteps«, rät Charlie. »Sag was zu ihm.«

»Hey?«

»Oder Hi. Oder Huhu. Mensch, Katha. Es muss echt nichts Weltbewegendes sein. Sag einfach Hallo. Hallos sind okay.«

Charlie tippt Thea auf den Arm.

»Was hat der Unglaubliche Nikolas damals eigentlich zu dir gesagt?«

»Ob ich weiß, wo sich die Bibelgruppe trifft.«

Wer Thea kennt – oder eher den Unglaublichen Nikolas oder noch eher beide zusammen –, weiß: Das ist kein Scherz.

»Okay. *Das* solltest du nicht zu ihm sagen«, rät Charlie mir. »Aber wenn du vergleichbar wild drauf bist, kannst du es mit einem *Hallo, Jasper* versuchen. Wobei das eigentlich auch was für Fortgeschrittene ist.«

»Ladies, could the class please join your very interesting conversation?«

Of course not. Das Gespräch wird verschoben.

*

Wenn ich eines nicht bin, dann eine Fortgeschrittene. Verknallt habe ich mich schon oft, geküsst habe ich nur Jan. Und ein- oder zweimal Elias, wobei das kaum zählt. Obwohl die Sache mit Jan fast ein Jahr her ist, erinnere ich mich an jedes Detail. Beim Küssen hat er meine Taille gehalten, ist seine Hand unter mein Shirt gekrabbelt, über meinen Rücken gehuscht, hat sich ausgeruht auf meinem Busen. Strich er mir durch mein schulterlanges Haar, dann so lange, bis es zu glänzen begann. Wären Jan und ich noch zusammen, er hätte meine geheimen Stellen längst entdeckt. Und dann, was wäre dann passiert? Ich könnte Charlie und Thea fragen, Vermutungen sind schließlich ihr Spezialgebiet. Außerdem haben sie weitaus mehr Erfahrung.

In einem meiner Ethikaufsätze, den ich mal für gelungen hielt, stand: *Wahre Freunde kann man in alle Geheimnisse einweihen, in dunkle und helle.* Das sollte wohl poetisch sein. Doch bei den schützbedürftighellen, den kreisrunden Geheimnissen ist Einweihen verdammt schwer. Wenn nicht sogar unmöglich. Ich will nicht die arme Kranke sein. Ich will mich nicht über *Ärzte* unterhalten. Das kann ich machen, wenn ich im Altersheim bin. Und bestimmt gibt es noch andere Gründe für mein Schweigen.

*

Auf dem Heimweg suche ich im Kopf nach dem perfekten zweiten Schritt, der eigentlich mein erster wäre, als er mich überholt. Jasper. Dunkle Locken, breite Schultern im schwarzen Langarmshirt, verwaschene Jeans und Sneakers mit leuchtend grünem Stern. Nie nicht zu vergessen: das Lächeln.

»Ich glaube, wir müssen in die gleiche Richtung«, sagt Jasper. Seine Stimme ist tief, ein bisschen rau und irgendwie … heiß. Mein Radar hat ihn nicht angekündigt, ich bin völlig perplex. Sprachlosigkeit, mein Markenzeichen. Aber Jasper tut was Nettes. So, wie meine Mutter Besucher, die zu uns in den Vierten schnaufen, nicht gleich etwas fragt, damit sie Luft holen können, spricht auch Jasper direkt weiter.

»Richtung Kleistpark?«

Zwei Wörter sind besser als nichts. Doch leider die falschen, ich schüttle den Kopf.

»Gut. Ich auch nicht«, lügt er so fantastisch durchschaubar, dass ich lachen muss. Er läuft neben mir her, zwischen uns hätte gerade noch so ein schmaler Dritter Platz. Ich gucke auf meine Chucks, um ja nicht zu stolpern. Schiele manchmal hoch, um einen Blick zu erhaschen auf seine Arme, die man selbst durch den Stoff als trainiert erkennt.

»Ich bin übrigens Jasper«, sagt Jasper.

Ich nicke, als wüsste ich das nicht. Und denke: Kommt aus dem Altpersischen, Variante von Kaspar. Bedeutung: *Verwalter der Schätze.* Alles längst recherchiert. Was man nicht alles tut, um sich nah zu fühlen.

»Und du«, fragt er. »Wer bist du?«

»Katha«, sage ich. »Katharina.«

»Die Große?«

Das habe ich schon so oft gehört, dass ich eine gute Antwort weiß: »Sehe ich denn aus wie die Kleine?«

Jetzt ist klar: Jaspers Lächeln kann sich selbst übertrumpfen. Wenn er etwas hört, das er lustig findet.

»Nein, Katha Katharina, das tust du nicht.«

Er findet mich lustig. Er hat gelacht.

*

»Ich muss Schluss machen«, sagt meine Mutter, so leise wie schnell, als sie meine Schritte hört. Sie war heute nicht arbeiten, sie feiert Überstunden ab. Eine tolle Feier ist das, tagsüber, am Telefon. Wobei, bestimmt hat sie ihre Füße auch zur Pediküre gebracht.

»Bis heute Abend.«

Heute Abend ist Zumba, das macht sie mit Claudi. Da fällt mir was ein.

»Sag deiner Freundin, sie soll nicht so viel nach Krankheiten recherchieren, die sie nichts angehen. *Das* ist das A und O!«

Gleich bin ich in meinem Zimmer verschwunden.

»Und erzähl nicht jedem Idioten von mir! Gibt's nix Spannenderes in deinem Leben?«

Natürlich nicht. Das weiß ich auch. Eine Tochter mit bedenklichem Haarausfall hat Priorität. Vor allem für jemanden, der zum Föhnen am liebsten zum Friseur ginge, jedes Mal.

Ich werfe mich aufs Bett, schnappe mein Handy und erzähle Thea und Charlie von meinem Heimweg, dem schönsten aller Zeiten.

*

Einen Tag darauf steht die »spezielle Sprechstunde« im Kalender. Meine Mutter will mich hinbringen, unbedingt, hat sich extra noch mal freigenommen. Ich will genauso unbedingt allein mit der Ärztin reden. Gehe immerhin schon eine ganze Weile nicht mehr mit Mami und Papi zum Arzt. Dass das jetzt anders ist, macht die Sache so dramatisch, wie sie nicht sein darf.

Das Wartezimmer ist in einem Türkis gestrichen, das mich an Reisebüro denken lässt, an Palmen aus Plastik und Dekosand. Aber alte Zeitschriften gibt es und flüsterleise ist es; wie bei jedem anderen Arzt auch. Ich werde aufgerufen und gehe ins Sprechzimmer nebenan. Meine Mutter zuckt, bleibt aber sitzen, die Hände im Schoß gefaltet.

Nach meiner Erlaubnis wird ein Assistenzarzt in den Raum gewinkt. Hätte ich vorher gewusst, wie gut er aussieht, ich hätte dankend abgelehnt. Er ist so jung. Hat verwuscheltes, sonnenbleiches Haar und könnte in einer Serie auftreten, die in der Notaufnahme spielt oder noch eher am Strand. Regungslos sitze ich da, als er mein Haar anhebt wie einen Vorhang, wie einen Rocksaum.

Die Stellen – längst größer als münzgroß und auch nicht mehr rund – sind schnell gefunden. Wozu braucht er da noch die Lupe?

»Ah«, macht der Arzt. Und gleich noch einmal: »Ah.«

Als er schließlich meine Lymphknoten abtastet, lächelt er nett und will wissen, ob auch andere Körperregionen betroffen sind. Körperregionen. Welche hat er denn genau im Sinn? Ich könnte auch auf einem Gynstuhl sitzen.

Jetzt betet der Assistent Therapiemöglichkeiten runter. Die kastanienbraune Ärztin hat ihn darum gebeten, hebt die zarten Augenbrauen, tippt Fingerspitzen aneinander, ist das eine Prüfung? *Lokale Kortisontherapie erste Wahl … die Patientin ist jung, die Herde sind überschaubar … zuwarten, Spontanheilung denkbar … nicht mit Kanonen auf Spatzen, eventuell Zink?*

Mehr bleibt in meinem Hirn nicht hängen, ich bin vollends damit beschäftigt, mich nackt zu fühlen.

*

Zuwarten. Geduld bewahren/haben. Verharren. Verweilen. Umgangssprachlich Abwarten und Tee trinken. Währenddessen einmal am Tag kleine Tabletten schlucken und zweimal am Tag die weiße Creme schmieren, die ich schon von der Hautärztin habe.

Meine Mutter ist enttäuscht, sie hat sich verlassen auf *bestimmte Therapien, die in deinem Alter vielleicht gerade schon so infrage kommen.*

Jeden Morgen, jeden Abend fragt sie: »Hast du an die Medikamente gedacht?« Als ob ich die vergessen könnte! Ich klammere mich doch auch daran! Ich weiß doch selbst, mein Leben hängt davon ab … soll es ein gutes sein. Ich kann mir einfach nicht vorstellen, wie das funktionieren soll. Ein Leben ohne Haare. Allein der Gedanke versetzt mich in Panik. Am liebsten würde ich vor mir selbst flüchten.

Von wegen: Spatzen! Ausgewachsene Aasgeier sind es, mit

denen ich zu tun habe. Und sie sind am Brüten, ich spüre das genau.

*

Im Briefkasten immer öfter Broschüren, die ich nicht bestellt habe und ganz sicher nicht lesen werde. Obwohl sie bald überall liegen, im Flur, im Bad, vor meiner Zimmertür. Vorn sind meist strahlende Glatzen drauf. Das ist die Strategie meiner Mutter, brotkrumengleich sollen die Heftchen mich leiten, geradewegs zum Wissen führen. Sie hofft, irgendwann beiße ich an und informiere mich. Vielleicht eröffnen die Hefte auch den Dialog, nach dem sie sich sehnt. So hat meine Mutter das wirklich genannt: *Den Dialog eröffnen*, sie arbeitet eben in einer Pressestelle. Ich bin doch keine Talkshow. Außerdem ist meine Strategie eine andere: ignorieren, soweit möglich, zumindest nach außen. So macht Henri es mit seinem Abi doch auch.

In der Schule keine Spur von Jasper. Vielleicht ist er krank? Auch der lönnebergablonde Pagenkopf ist nicht zu sehen. Hoffe, sie sind nicht zusammen durchgebrannt und machen sich ein schönes Leben in Bullerbü.

*

Die Osterferien sehne ich nicht herbei, aber trotzdem fangen sie an. In einem anderen Leben wäre es möglich, vergnügt auf Balkonien zu sitzen, halb geschmolzene Eier zu futtern und Postkarten mit Daumenabdrücken aus Schokolade zu signieren. Doch ich habe erst Halsschmerzen, und dann beginne ich, mich aufzulösen. Haare rinnen durch meine Finger wie Sand. Pro Tag dürften es etwa 80 sein, weiß meine Mutter. Warum sagt sie mir das? Eine Zahl, so unerreichbar niedrig, dass ich fast lachen muss – wäre ich nicht mit Heulen beschäftigt. Kaschieren gelingt gerade eben so. Die Frage ist: Wie lange noch?

Jemand greift ein in mich, denke ich. In mein Leben. Meine Lebensfreude. Macht mir alles kaputt. Macht mich kaputt.

Und ja, Herr Surferarzt, auch andere Regionen sind betroffen. Rasiere ich meine Beine, spiele ich des Kaisers neue Kleider. Ich tu mehr so als ob. Trotzdem packe ich alle zwei Tage den pinken Ladyshaver aus. Ich kann es nicht lassen, es ist fast wie ein Zwang. Albern ist es außerdem! Meine verquere Logik dahinter: Wenn ich weitermache wie bisher, wird vielleicht alles wieder normal. Wird alles wie zuvor. Wie es sich gehört. Nichts wünsche ich mir mehr.

Ironie ist, wenn ausgerechnet auf dem linken großen Zeh ein einzelnes Härchen sprießt. Unter normalen Umständen verhasst, habe ich den hartnäckigen Faden jetzt fast lieb.

*

Die Freundinnen beide seit Tagen verreist und jetzt ist auch noch der Bruder sauer. Die Explosion kommt beim Abendessen.

Ich habe vergessen, ihm zu sagen, dass ein Mädchen mit Piepsstimme angerufen hatte. Als es mir wieder einfiel, schien es zu spät. Besser warten und gucken, ob's rauskommt. Dass es das tat, war eigentlich klar.

Die Piepsstimme glaubte, Henri wolle nichts mit ihr zu tun haben, erzählte es einer Freundin, die fragte eine andere um Rat, die wiederum mit einem Kumpel meines Bruder befreundet oder verschwistert war.

Dumm gelaufen.

»Tiffi hat die ganze Zeit auf meinen Rückruf gewartet!«, motzt Henri mich an.

»Wieso hat die nicht auf deinem Handy angerufen?«

Kaum ausgesprochen, erkenne ich meinen Fehler. Das Handy ist seit dem Vorfall, dem Runterfall im Bad, nicht zuverlässig. (Es ist nett von Henri, dass er kein neues fordert. Vielleicht weiß er auch: Ich habe sowieso kein Geld.)

Handelt es sich um etwas Hochwichtiges wie den Anruf einer Piepsigen, gibt Henri seitdem unsere Festnetznummer raus. Sicher ist sicher. Oder auch nicht, bedenkt man den Störfaktor vergessliche kleine Schwester.

»Du bist so was von bescheuert!«, schreit Henri.

Er fischt ein Haar aus dem Tomatensalat. Perfect timing.

»Und so was von abstoßend! Überall diese Scheißhaare! Ich könnte kotzen.«

Meine Augen brennen. Bloß nicht hochsehen jetzt. *Abstoßend*. Wenn das der eigene Bruder denkt, was denken dann die anderen? Die, die mich nicht lieben müssen? Das Ende der Ferien macht mir mehr Angst denn je, auch wenn ich dann endlich wieder Jasper sehe.

*

Es ist so weit. In der Cafeteria herrscht ein Höllenlärm. Ein paar tragen neue Klamotten spazieren, Aynur hat Nägel aus Acryl, Manuel einen Gips am Bein, Lindy ist jetzt blond, und Elias, mein Krabbeldeckenfreund, ist ballearenbraun gebrannt. Seine Zähne strahlen mehr denn je.

Und ich? Trage eine Baseballkappe. Tiefseeblau, mit gelbem Schirm. Meinen dünnen Zopf habe ich durchs Loch geschoben. Ich hoffe, kein Lehrer stört sich daran. Und ich hoffe, es sieht irgendwie sportlich aus.

»Schräg«, sagt Charlie.

»Steht dir«, meint Thea.

Ich zucke mit den Schultern, als ginge es mich nichts an.

In all dem Gewusel entdecke ich ihn zuerst. Irgendwann, nach einer Ewigkeit, endlich, sieht er mich auch. Seine Kumpels grinsen, einer sagt irgendwas, aber Jasper hört nicht mehr zu. Mit einem – seinem – Lächeln nimmt er seinen Rucksack, bahnt sich den Weg durch die Cafeteria und lässt mich nicht aus den Augen dabei. Wirklich, die ganze Zeit über sieht er mich an. Das allein reicht aus, um meinen Puls zu beschleunigen. Auf halber Strecke dann noch was: Er zwinkert mir zu.

»Oha«, macht Charlie.

Ich kippe fast um.

Jasper sieht kräftiger aus. Bestimmt war er klettern. Bestimmt im Freien, in den Bergen. Die Haare hat er sich auch geschnitten. Aber da ist noch genug, was ab und zu aus dem Gesicht gepustet wird, zum Glück.

In mir taucht die Frage auf: Darf ich seine Haare mögen? Wenn ich ihm selbst keine bieten kann?

»Hey, Katha Katharina«, sagt Jasper und kommt: so nah! »Gute Ferien gehabt?«

So. Nah. Ich atme tief ein.

*

In Bio und in Englisch geht die Baseballkappe klar. Aber der Fritsche in Mathe protestiert. Eine Lösung ist sie also nicht.

*

Gegen Ende der Woche darf ich es noch einmal hören, Jaspers »Katha Katharina«. Es klingt fast wie ein Lied. Der nächste Vers geht so: »Wollen wir was essen gehen?«

Es ist Freitag. Also denke ich an den Sprinter am Sportplatz und nicke. Pizza geht immer. Doch dann stellt sich raus: Jasper will mich in ein richtiges Restaurant einladen, hat sogar schon eines im Sinn.

»Pizza gibt's da auch«, sagt er schnell. Die Grübchen in seinen Wangen heben sich, ein Blinzeln. Ist das … kann das Unsicherheit sein? Ist Jasper nervös? Wegen mir? In mir ist etwas, das einen Salto schlägt. Und ehe ich michs versehe, ist es ausgemacht. Wir gehen am Samstag, morgen schon! Treffen uns auf dem Winterfeldtplatz um sieben. Wenn ich bis dahin nicht geplatzt bin wie ein Kindergeburtstagsballon.

*

Vor Freude vergesse ich fast den Nachmittagstermin, der heute noch ansteht. Durch den Flächenbrand auf meinem Kopf alarmiert, hat meine Mutter einen renommierten Spezialisten aufgetrieben. Eine Koryphäe aus der Klinik, mit einer Warteliste so lang wie Rapunzels Haar. Meiner Mutter ist es gelungen, mich ganz nach vorne auf die Liste zu drängeln. Und obwohl ich seit heute früh nur noch strotze und so was wie das Selbstvertrauen höchstpersönlich bin, soll dieses Mal, bitte, Mama mit rein.

Statt mit mir spricht die streng gescheitelte Koryphäe mit einem kleinen Gerät, diktiert einen Brief, an mich adressiert. Das ist so kompliziert, es erinnert an ein Escher-Bild. Hin und wieder ein kritischer Blick auf meinen Kopf, dazu die üblichen Fragen. Zu meiner Krankengeschichte, der familiären Vorbelastung, zu Beinen, Achseln, Schambereich. Ja, nicke ich, auch das Dreieck verschwindet.

Meine Mutter schluckt hörbar, das ist ihr neu. Nackt hat sie mich schon lange nicht mehr gesehen. Warum auch, es genügt doch vollends, wenn die Eltern gerne ohne Kleidung durch die Wohnung hüpfen. (Henri sieht das genauso wie ich.)

Das Diktiergerät wird zur Seite gelegt, geräuschvoll wie ein Hammer. Es folgt eine Verurteilung auf »Lebenslang«, versteckt als gut gemeinter Rat.

»Ihre Tochter sollte sich auf einen kompletten Haarverlust einstellen.«

Das Ticken einer Uhr, die nicht zu sehen ist.

»Wie bitte?«, fragt meine Mutter. »Ich verstehe nicht –«

Die Koryphäe seufzt und guckt – zur Uhr? Hängt die hinter uns, über unseren Köpfen?

»Mit großer Wahrscheinlichkeit werden Ihrer Tochter alle Haare ausfallen. Am ganzen Körper.«

Er spricht wie mit einem Trottel. Langsam, überdeutlich.

Und tatsächlich braucht das Hirn meiner Mutter ein paar weitere Sekunden. Mir ist sofort klar: Ich werde Stunden brauchen. Tage, Monate, Jahre, Jahrzehnte, mein ganzes gottverdammtes Leben lang.

»Es gibt doch sicher etwas, das wir tun können?«

»Sicher«, sagt die Koryphäe und steht auf. »Beten.«

Meine Mutter klatscht ihre Notizen auf den Tisch; sie spricht von Spontanheilung, fordert sie geradezu ein. Als stünde sie uns zu, wie das Umtauschrecht bei mangelhafter Ware. Als wollte er sie uns vorenthalten, dieser Mediziner, der auch nur ein Mensch ist und sich irren kann. Mit einem Satz aus dem Lehrbuch verabschiedet er uns: »Alopezie ist nicht vorhersehbar, dynamisch und teilweise chronisch revizidierend.«

»Schade, dass wir nicht wissen, welcher Schlitten ihm gehört«, murmelt meine Mutter auf dem Parkplatz, den Zündschlüssel gezückt wie ein Messer. So kenne ich sie gar nicht. Wäre es eine Klinge, ich würde sie ihr aus der Hand reißen und was ganz anderes damit tun. Ich habe mich noch nie geritzt. Aber ich erinnere mich noch gut an das Gefühl beim Blutabnehmen, als sich die Nägel in meine Haut bohrten. Vielleicht lässt sich die Traurigkeit durch ein anderes, ein grelleres Gefühl ja wirklich überdecken. Vielleicht braucht sie nur ein Ventil. Einen kleinen Schlitz, durch den sie abfließen kann.

*

Was kompletter Haarverlust bedeutet, ist klar. Ich werde zum Nacktmull.

Was chronisch revizidierend heißt, wird recherchiert. Lang andauernd. Zwischendurch Besserung zeigend. Aber phasenweise wiederkehrend. So war es bei meinem Großvater wohl auch, weiß meine Mutter. Mir fällt eine Allegorie ein, die sämtliche Deutschlehrer da draußen, meinen Vater eingeschlossen, sicher glücklich macht: Es gibt also durchaus Licht im Tunnel. Aber ob es bedeutet, dass das Ende des Tunnels erreicht ist – oder ob es sich nur um einen Lüftungsschacht handelt, durch den ein bisschen trügerische, verführerische Helligkeit fällt –, weiß niemand, kann niemand wissen.

Und dafür darf man sich Koryphäe schimpfen! Schon klar, der Gescheitelte kann nichts dafür. Wie überhaupt niemand und nichts. Ein Auslöser für Alopezie ist nicht bekannt. Aber Wut muss irgendwohin. Die Frage ist bloß: Wohin mit meiner Verzweiflung, mit meiner Traurigkeit?

*

Ich stehe im Bad. Meinen Ladyshaver in der Hand. Eigentlich keine große Sache, das Wort Erleichterung in meinen blassen Arm zu schneiden. Dort, wo es niemand sehen kann. Die Klinge ist enttäuschend warm auf meiner Haut. Kühler habe ich sie mir vorgestellt, verlockender. Ich schließe die Augen und hole tief Luft. Ein Schauer läuft über meinen Rücken. Kriecht über die Schultern, die Arme, kommt bei meinen Händen an. Meine Finger entspannen sich, unerwartet und plötzlich. Der Rasierer fällt zu Boden.

Ich hatte schon bessere Ideen, denke ich.

Und überhaupt: Durchdrehen kann ich später immer noch. Sollte ich meinem Körper nicht eher Gutes tun? Ihn trösten?

Mit einer edlen Lotion, die ich mir früher nie geleistet hätte? Was mit Granatapfel oder Mandelmilch?

*

Am Abend weint jemand in der Küche. Ich bin es nicht. Ich heule nur allein in meinem Zimmer, am liebsten nachts, wenn alle schlafen. Jeden Morgen ist mein Kissen feucht – so ist das, wenn man keine Perlen weint.

»In ihrem Alter!«

Meine Mutter schnäuzt sich elefantenlaut.

»Als Mädchen! Als Mädchen in ihrem Alter! Kannst du dir vorstellen, was das heißt? Jeder wird denken, sie ist todkrank.«

»Sie ist nicht todkrank«, murmelt mein Vater.

»Wie soll sie einen Freund finden?«, fragt meine Mutter. Eine Antwort kriegt sie nicht. Und so schwebt die Frage einfach weiter, in der Luft, in meinem Kopf.

Um nicht zu schreien, schiebe ich mir eine halbe Faust in den Mund. Da beiße ich drauf. Neben anderen ist es auch diese Frage, die nachts mit mir Karussell fährt, bis mir schwindelig wird und noch etwas länger. Aussteigen gibt's nicht.

Wie soll sie einen Freund finden?

Das aus dem Mund meiner Mutter zu hören, verstärkt meine Sorge. Legt ihr ein Fundament aus Stahlbeton.

*

Ein bisschen Rummachen mit Jan. Damals, Ende der achten Klasse. Das soll es gewesen sein? Hand aufs Herz: Das war nicht so berauschend, dass mir das für ein Leben reichen würde. Er küsste feucht, streichelte schnell. Wirklich kein Naturtalent. Nicht dass ich nichts zu lernen hätte ... aber es ist ja auch nicht nur das.

In mir gibt es dieses Fotoalbum, darin sind Bilder aus der Zukunft versammelt. Sie machen mich glücklich, wenn ich es nötig habe. Klischee hin oder her.

Katha auf einer Vespa. Auf dem Kopf ein knallblauer Helm. Haare flattern im Wind.

Katha auf einer Bühne. In der Hand das Abizeugnis. Die Frisur dramatisch hochgesteckt.

Katha auf den Bahamas. Ausgelatschte Flipflops an den Füßen. In den Zöpfen bunte Perlen.

Jetzt muss ich all die Bilder bearbeiten. Das Flattern wegretuschieren, das Hochgesteckte und das Perlige. Schöner werden die Bilder nicht.

*

Besser, ich gewöhn mich dran. Jetzt gleich und sofort. Will den kurzen Prozess. Unentschlossenheit mochte ich noch nie. Also nehme ich meinen Haaren die Entscheidung ab. In dem Moment bin ich wieder die, die ich früher mal war: Spontan. Ungeduldig. Und schnell.

*

Kann auch sein, dass ich im Schock bin. Entschluss und Kurzschluss sind leicht zu verwechseln. Aber was spielt das für eine Rolle? Ich lege los.

Für die Strähnen, die langen, nehme ich eine Schere. Dann den Ladyshaver. Das Ding ist dafür nicht vorgesehen; ich schneide mich und blute wie ein angestochenes Schwein. Blut vermischt sich mit Tränen, mit Rotze. Das Bad ist ein Schlachtfeld und ich mittendrin.

»Du bist verrückt.«

Plötzlich steht Henri da. *Du bist verrückt*. Mehr sagt er nicht. Nimmt einen Waschlappen, tupft mich sauber. Verteilt Toilettenpapierfetzchen auf meinem Schädel, die sehen fast wie Schneeflocken aus. Dann holt er sein Elektroteil und den luftig-duftigen Schaum. Ich schließe die Augen, höre das Surren. Mein Bruder, eine Hand auf meiner Schulter, ist zärtlich wie nie.

Zwei

Ich bleibe im Bett, stehe einfach nicht auf. Nur noch schlafen will ich. Hundert Jahre, auf dass ein dichtes Dorngestrüpp um mich und meinen Schädel wächst.

Wie meine Mutter geguckt hat. Enttäuscht? Verletzt? Schockiert? Dieses hässliche Entlein (geschoren, nicht gerupft) soll ihre Tochter sein? Wie mein Vater geschwiegen hat. Ein Schweigen, das alles übertönt.

*

Meine Mutter recherchiert. Mein Vater backt Crêpes. Kein Wort von Schule, fünf Tage nicht. Als wäre jemand gestorben.

*

Aus dem Fenster starrend, stelle ich mir Jasper vor. Wie er auf dem Platz vor der Kirche steht, zum Turm blinzelt, Steinchen kickt, das Handy zückt. Was man so tut, wenn man wartet, bevor man merkt, dass da niemand mehr kommt.

Tief enttäuscht wird er nicht gewesen sein. Er weiß genauso gut wie ich: Viel verpasst er nicht. So einer wie er, der kann doch jede haben.

Ob es besser gewesen wäre, ihm abzusagen? Wahrscheinlich nicht. Dann hätte er womöglich verschieben wollen. Meine Theorie, meine Hoffnung: Ein versetzter Jasper hat die Schnauze voll. Ein versetzter Jasper hält Abstand. Denn so was hat er nicht nötig! Ich kann mich entspannen. Er wird nie bemerken, was er nicht bemerken darf. Zum Beispiel, dass mein Dreieck aussieht wie von Motten angefressen.

*

Mein Handy klingelt, ich gehe nicht ran, schalte es aber auch nicht aus. Tiere in Schreckstarre rühren sich nicht. Kaum ist der Akku leer, rufen die Freundinnen auf dem Festnetz an.

Charlie erwischt meine Mutter und hört: Halsweh, starkes.

Thea erwischt meinen Vater und hört: Magen-Darm.

Sollen sie doch denken, was sie wollen. Nur die Wahrheit ist keine Option.

*

Wer im Bett liegt, Crêpes zählt und sich weigert, mit seiner Mutter zu sprechen, hat Zeit zum Nachdenken. Zum Beispiel darüber: Ist ein Haar dreist genug, an der falschen Stelle zu wachsen, oder schiebt es sich frisch gestutzt durch Bikinistoff, ist Ekel angesagt. Fehlt es aber an der richtigen Stelle und nicht nur eines, sondern viele, ja alle: Ist es dann angesagt, über die Höhe von Brücken nachzudenken? Ich will mein Leben nicht so verbringen. Immer die mit der Glatze sein. Dieses Markenzeichen war nicht eingeplant. Ich will die mit dem schicken Rennrad sein. Oder die im knallgelben Friesennerz. Die den besten Erdbeerkuchen backt. Die so gut in allen Sprachen ist. Nach dem Abi die halbe Welt bereist. Und wenn ihr das gefällt, vielleicht Auslandskorrespondentin wird.

So soll man mich beschreiben. Nicht als die ohne Haar.

Kann sein, ich habe Glück und die Haare wachsen wieder. Das ist die Hoffnung, an die ich mich klammere. Wie schön es wäre, käme jetzt eine Fee vorbei. Mehr als einen Wunsch brauche ich nicht. Aber wenn die Koryphäe eines klargestellt hat, dann das: Auf meine Haare ist kein Verlass. Sie können kommen und gehen, wie es ihnen gefällt. Ich bin mir selbst ausgeliefert.

*

Als am Mittwochmittag niemand zu Hause ist, blättere ich doch eine der Broschüren durch. Wie nebenbei, als wären darin bloß Autos zu sehen oder Frauen oder beides zusammen, getunt und nackt.

Ein Satz schreit mich an:

ES IST NICHT IHRE SCHULD!

Falls ich mich jetzt besser fühlen soll: Fehlanzeige.

Und auch *Stellen Sie sich vor, Ihr Körper reagiert mit einem Mal allergisch auf das eigene Haar* macht mich nur ratlos. Warum soll ich mir so etwas vorstellen? Damit ich mich noch hilfloser fühle?

*

»Hallo, hier ist Katha. Ich kann gerade nicht rangehen, also, ihr wisst schon: einfach auf die Mailbox quatschen.«

Was war ich erschrocken, als ich mich das erste Mal anrief. Versehentlich. Ich dachte, so klinge ich doch nicht! Das bin doch nicht ich!

Aber ich war es.

Genauso, wie ich die bin, die da am Spiegel vorbeihuscht; schnell nach der Zahnbürste greift und sich den Rücken zudreht. Wie gern würde ich alle Spiegel verhängen.

Einen ganzen Tag verbringe ich damit, Mut zu sammeln. Dann schließe ich mich im Bad ein, stelle mich vor den Spiegel und schaue mich an. Presse die Zähne aufeinander, beginne lautlos zu zählen. Eins, zwei, drei … erst bei zehn darf ich den Blick abwenden. Das ist selbst verschriebene Schocktherapie. Warum habe ich so große Ohren? Warum habe ich so eine große Stirn? Kann ich damit besser hören, besser denken? Und was ist der Zweck der krankhaft weißen Haut auf dem Kopf? Soll die mich blenden? Blind machen? Damit ich das Elend nicht mehr sehe? Ich bin überzeugt: Weiblich ist das nicht.

*

In dieser Nacht dann der Gedanke: Was, wenn Jasper sich nicht so leicht abschütteln lässt? Was, wenn einmal versetzen nicht reicht? Ich muss mir noch etwas anderes einfallen lassen. Am besten sofort. Am Morgen ist mein Hirn zermartert. Aber ich habe eine Idee. Einen Notfallplan.

*

Mit einem Mal ist die crêpereiche Schonfrist vorbei.

»Montag gehst du wieder«, bestimmt meine Mutter und schiebt mir einen Teller Suppe hin. Kohl, ihre neueste Entdeckung. Gekocht in Gemüsebrühe. Extra für mich, die Vegetarierin.

»Du hast genug Unterricht verpasst.«

Meine Mutter sieht nicht mich an, sondern meinen Vater. Ein Blick, der fordert: Jetzt sag du auch mal was.

Ein Räuspern, dann murmelt er: »Schule ist wichtig.«

Vom Lehrer, ausgerechnet!, dass ich nicht lache. Aus mir bricht es heraus.

»Schule ist die Hölle!«

Der Überschlag, den meine Stimme macht, verdient die Höchstwertung. Ich halte ihnen meinen nackten Schädel hin, spüre auf der Haut die Lampenhitze. Fällt es ihnen schwer, hinzusehen? Oder bilde ich mir das nur ein?

»Meint ihr, damit überlebe ich in der Schule auch nur einen einzigen Tag?!«

Keiner darf sagen: Das hättest du dir vorher überlegen sollen. Vielleicht wollte ich meinen Körper einfach bestrafen, für sein durchgedrehtes Immunsystem. Es hat mich ja schon als Kind durch heftige Neurodermitis gequält. Dank Geschichte weiß ich, dass Kopfschur schon immer eine bewährte Strafe für Missetäter war. Zugegeben, ich hab mir freiwillig den Kopf geschoren. Scheren lassen. Dann kommt es wahrscheinlich eher einem Bekenntnis gleich. Gibt es nicht kahlköpfige Mönche? Aber die haben wenigstens ihren Glauben. Ich habe nichts. Nichts mehr.

Besser aussehen wie ein frisch gepelltes Ei als ein gerupftes Huhn, denke ich. Und die linke Braue verrät, dass die Koryphäe recht behält: Der Rest ist auch verloren. Seit Tagen zeichne ich den Bogen nach, mit einem Stift meiner Mutter und mit zitternder Hand.

»So gehe ich nicht in die Schule«, sage ich, viel leiser mit einem Mal.

Wo schon ein ungünstig platzierter Pickel Anlass ist für fiese Sprüche! Wo eine Leggins zum Lippenbekenntnis wird, über das jahrelang gelästert wird! Einen Pickel kann man abdecken, eine zu enge Hose in die Tonne schmeißen. Wer aber wirklich anders ist, der hat ein Problem. Und ich bin der Inbegriff der Andersartigkeit.

Klar, es gibt sie, die Leute, die durch ihr Aussehen provozieren wollen, irgendwas anprangern oder verändern, was dringend verändert werden muss. Meinetwegen Geschlechterstereotype. Die nerven mich auch. Ich denke da an eine, im Jahrgang über mir, sie gibt sich androgyn mit ihrem Undercut, den derben Stiefeln, der viel zu großen Lederjacke. Ich bewundere sie, aus der Ferne. Aber: Ich war noch nie eine Revoluzzerin. Und will jetzt nicht dazu gezwungen werden. Ich glaube auch nicht, dass das zählt.

»Ich geh nicht in die Schule.« Jetzt ist es nicht mehr als ein Flüstern.

Den mittleren Abschluss in der Tasche, werde ich von zu Hause arbeiten, Telefonmarketing, Meinungsforschung, all so ein Zeug. Henri lacht, schlägt eine erotische Hotline vor, will lustig sein und wird zu Recht ignoriert.

»Katharina, jetzt mach mal halblang.«

Nee, mach ich nicht. Ich mach Kahlschlag.

»Es haben sich schon Leute umgebracht, weil sie gemobbt wurden.«

»Wer sollte dich denn mobben«, sagt meine Mutter, ihre Stimme ein einziges Lalelu. »Du bist so ein wunderbares Mädchen!«

Wunderlich wohl eher.

Sie sagt noch etwas Warmes und Liebes, ich glaube, »tolles Profil« und »zur Geltung« zu hören. Vielleicht redet sie auch von meinen inneren Werten. Ich weiß es nicht, denn in mir klingt noch die Frage nach dem Freund, der gefunden werden muss. Jetzt würde sie wahrscheinlich jeden nehmen. Hauptsache, es gibt überhaupt einen Schwiegersohn, und wenn es ein *Hells Angel* ist. (Gegen Motorräder hatte sie schon immer was.)

Ich stehe auf und gehe ins Bad. Würge, aber nichts kommt.

*

In der Nacht träume ich von einem Pferd ohne Hufe, einem Igel ohne Stacheln, einer Schildkröte ohne Panzer. Sie tanzen wie Wahnsinnige auf dem Pausenhof. Es dauert nicht lange, und die Beine, nein, die Stümpfe des Pferdes beginnen zu bluten, bis es entkräftet zu Boden sinkt, nicht mal mehr zuckt. Noch schrecklicher aber ist der Vogel, der ihnen zuschaut. Ohne Schnabel, ohne Federkleid starrt er von einem Ast herab. Ruckedigu, macht er, ruckedigu. Und blinzelt kein einziges Mal.

*

Der nächste Tag, mein Vater ist in Samstagslaune. Als wäre nichts passiert.

»Katha, wir gehen einkaufen«, verkündet er mit einem Trällern in der Stimme, das nicht mal aufgesetzt klingt. Ein nie gehörter Satz, zumindest aus seinem Mund, und deshalb so unwiderstehlich. Ich stehe auf, dusche sogar. Versteckt im brudergroßen Hoodie, verlasse ich meine Kissenhöhle.

*

Henri hatte einen Bildschirmschoner, da waren neun Delphine drauf. Dachte ich, als ich klein war, unschuldig und doof. Tatsächlich – oder zeitgleich – war es ein Liebespaar, vorne die Frau, hinten der Mann, er hält ihre Brüste umschlungen.

Es gibt Dinge, die bemerkt man erst, wenn sie wichtig werden. Dann kann man sie nicht mehr nicht sehen, sosehr man es auch versucht.

Nur zwei Häuser neben meiner liebsten Pommesbude: ein Perückenladen. Angeblich war der schon immer da.

(Genauso, denke ich, wird es den Leuten mit mir gehen. Wissen sie einmal Bescheid, werden sie in mir immer die mit der Glatze sehen.)

*

Ich frage mich, ob sie selbst eine trägt. Der Glanz kupfergolden, der Schnitt fast perfekt. Oder einfach geföhnt nach First-Lady-Art?

Jedenfalls gefällt sie meinem Vater, er schäkert ein bisschen und unbeholfen, das kenne ich und kann es nicht leiden. Da mag ich seine übliche Nummer, die »ohne Worte«, deutlich mehr. Aber heute gibt es was, das ist noch hochpeinlicher: Mein Körper kann nicht mal Glatze richtig. Weil hier und da was Dunkles sprießt, bin ich giraffenhaft gescheckt. Das sieht ungepflegt aus, hart. Irgendwie nach Frauenknast. Die Kupfergoldne stört es nicht. Berät mich begeistert, als wäre es das Beste vom Besten, sich jeden Tag verkleiden zu müssen. Sie wird es einfach nicht müde, Plastikfrisuren auf Plastikköpfen vorzuführen. Denn Kunsthaar soll es sein, das ist pflegeleicht und billig. Hält zwar nicht lang, aber das soll es ja auch nicht. Es ist das bessere Omen. (*Spontanheilung*. Das Lieblingswort meiner Mutter kriecht wie ein Wurm durch mein Ohr.)

»Wenn du dich erst wieder wohlfühlst, wachsen die Haare auch wieder«, verspricht die Kupfergoldne. Ob das stimmt? Ob es bloß der Spruch einer ambitionierten Verkäuferin ist?

Der Charme meines Vaters ist verplätschert, jetzt tippt er mit den Schuhen auf die Dielen. Ungeduld fängt bei ihm unten an, steigt langsam auf. Er kann nichts dafür, der Tag eines Lehrers vergeht im 45-Minuten-Takt. Bei Filmen drückt er nach der Hälfte auf Stopp.

»Es soll so aussehen wie vorher«, sage ich. Damit niemand was merkt.

Die Kupfergoldne fragt nach Fotos, ich zücke mein Handy.

Da kann mein Vater mal sehen, dass sie doch für was gut ist, meine Speicherplatz belagernde, oft belachte Selfie-Galerie.

Die Kupfergoldne kneift die Augen zusammen, wischt durch die Fotos, als seien es ihre. Bis ihr eines geeignet scheint.

Mein altes Selbst trägt das dunkle Haar schulterlang, nur wenig gestuft. Die Frisur hatte ich früher als lahm beschimpft. Das habe ich davon, jetzt scheint sie begehrenswert normal. Ich mag das Bild gar nicht sehen. Nicht dass ich noch weinen muss. Hier, mitten im Laden. Vor der Kupfergoldnen, vor meinem Vater.

Zwei Perücken später klatscht die Kupfergoldne in die Hände. Gibt sich selbst Applaus.

»Das ist sie!«

»Toll!«, sagt mein Vater und kratzt sich am Kopf.

Ich sehe mich zuletzt. Als ich in den Spiegel gucke, wünsche ich, es wäre ein magischer und er würde nichts als die Wahrheit sagen.

Es ist, als hätte ich den Blick für mich selbst verloren. Sicher ist: Der Fransenpony ist falsch. Weil vorhanden.

»Dann warst du eben beim Friseur«, sagt mein Vater.

Kann sein, dass manche das glauben. Aber Thea und Charlie doch nicht. Die wissen, dass ich keine Stirnfransen tragen würde. Nicht freiwillig. Nicht in diesem Leben.

»Dann war es eben ein Unfall.«

Pragmatisch war mein Vater schon immer. Außerdem will er nach Hause.

Ein Rezept wechselt die Hände, wann hat mein Vater das besorgt? Oder war es meine Mutter? Bestimmt.

(Und warum ist sie eigentlich nicht mitgekommen?)

*

Die Türschwelle ist der Ort der Verwandlung. Für einen Moment bleiben all meine Zweifel zurück, als sähen sie sich noch ein bisschen im Laden um. In mir tobt ein Bärenhunger. Ich will alles, und zwar sofort. Pommes, Falafel, Kuchen. Eis. Feinste Feierfutterei!

Ich suche mich in jedem Schaufenster – die gnädig sind, weil ungenau, verschwommen –, und denke: Ja! So kann es funktionieren, vielleicht! Mein Gehen wird ein Tanzen.

Kurz vor unserem Haus bleibe ich an einem tiefen Ast hängen. Das Möchtegern-Haar wird hutgleich vom Kopf gelupft. Und einen schrecklichen Augenblick lang bin ich nackt. Mitten auf der Straße. Ich bleibe stehen, wie gelähmt. Wie konnte ich nur denken, dass es eine Lösung gibt, und eine so einfache noch dazu? Mein Vater führt mich ins Haus. Am Arm, wie eine Kranke.

*

Die Nacht verbringen die Polyesterfäden auf einem Styroporkopf neben meinem Bett. Beobachtet fühle ich mich, von mir selbst angeglotzt.

Schlafen kann ich nicht, da ist nicht mal ein schlechter Traum. Nur eine Frage kreist in meinem Kopf: Was ist, wenn jemand was merkt?

Zugegeben, die Frage ist mir vertraut. Die geistert schon lange in mir, seit den ersten kreisrunden Stellen. Doch das macht es nicht besser, im Gegenteil. Wer etwas verheimlicht, hat schon verloren. Unbeschwertheit, Leichtigkeit. Sich selbst.

Und wenn die Leute in der Schule etwas merken, werde ich auch für sie eine andere sein. Unumkehrbar.

Ein Glück, dass ich groß bin, sage ich mir. So bleibt wenigstens den Mädchen der Blick auf meinen Scheitel verwehrt: Da sieht man das Perückennetz.

Dann fällt mir noch was anderes ein, siedend heiß. Morgen ist Sport! Die Kupfergoldne hat mir einen Vortrag gehalten über Spezialshampoo, Spezialbalsam und Mittelchen gegen Verfilzung. (So viel zum Thema Pflegeleicht.) Hat mir gezeigt, wo das mit Silikon gefüllte Stirnband sitzt, um zu verhindern, dass was drückt oder rutscht. Hat mir Schwimmen und Sauna verboten. Aber was, verdammt noch mal, ist mit Handstandüberschlag?

Was ist, wenn jemand was merkt?

Drei

Ich bin so aufgeregt, ich kann nicht klar denken. Aber Zweifel gibt es nicht: Der da am Montagmorgen lässig neben meiner Haustür lehnt, braun gelockt und wunderschön, ist Jasper.

Hätte ich das geahnt, ich wäre in den Keller gegangen. Hätte auf reine Luft gewartet. Zu spät. Verschmitzt lächelnd macht er einen Schritt auf mich zu und ich gehe einen, zwei, drei zurück. Das ist fast ein Tanz.

Statt »Hallo« zu sagen, murmle ich »Bin gleich wieder da«. Mache auf dem Absatz kehrt und jage hoch in den Vierten. Schließe die Tür auf, stelle mich vor den Garderobenspiegel. Ein kritischer Blick. Auf meinem Kopf ist noch alles in Ordnung, die Fäden hängen, wie sie hängen sollen.

Ich habe das Erdgeschoss fast erreicht, da geh ich noch mal hoch und dann noch ein allerletztes Mal. Das könnte komisch sein, aber ich kann nicht anders. Als ich dann endlich unten bin, steht Jasper immer noch da.

In der einen Hand eine Tüte Croissants, die ofenwarm duften. In der anderen einen Pappträger mit Kaffee. Zwischen den Bechern stecken eine brennende Kerze und: ein Gänseblümchen. Ich werde rot.

»Katha Katharina«, sagt Jasper. Es klingt beinahe feierlich.

Wie er mich anguckt. Ich bin nervös, aus ach so vielen Gründen. Stecke mir die Haare hinters Ohr, zieh das Ding heimlich dabei fest. Ein Trick der Kupfergoldnen.

Vielleicht stottere ich was von Halsweh, von ganz vergessen und tut mir leid. Jasper legt seinen Kopf kaum merklich schief. Hat er das einstudiert? In mir flattert was.

»Dass dich romantische Abendessen nicht interessieren, weiß ich jetzt«, sagt Jasper. »Aber wie sieht es mit einem Candlelight-Breakfast aus?« Lächelnd hält er die Croissants in die Luft. Und ich denke: Mit diesem Lächeln kann er sich das leisten, so ranzugehen, dass mir die Spucke wegbleibt.

*

So vorsichtig bin ich noch nie gelaufen, habe den Weg vor uns genau im Blick. Als könnte schon ein Kieselstein mich zum Stolpern bringen und die Perücke zum Rutschen. Kurz vor der Schule fällt Jasper ein, dass er was vergessen hat.

»Eines musst du wissen, Katha Katharina«, ruft er. »Lumpen lasse ich mich nicht.« Aus seiner Hosentasche kramt er zwei Minimarmeladengläschen. Aprikose und Kirsch. Die Croissants sind längst aufgegessen. Was soll's! Wir löffeln das klebrige Zeug mit den Fingern, nichts könnte leckerer sein. Unsere Lippen, was würden die gut schmecken.

Eine Hoffnung: Wer einem die ganze Zeit tief in die Augen guckt, merkt vielleicht nichts von dem Netz weiter oben. Wer's glaubt, wird selig. Die Schulklingel rüttelt mich wach. Die erste Stunde beginnt, gleich kommen wir zu spät. Egal, denn unter der Süße brennt mir eine Lüge auf der Zunge. Mein Notfallplan, vor Tagen im Bett liegend ausgedacht.

»Hör zu«, beginne ich. »Der Grund, weshalb ich nicht gekommen bin –«

»Du warst krank«, sagt Jasper. »Zu krank zum Telefonieren. Zu krank zum SMS-schreiben. Regelrecht im Fieberwahn. Eine heftige Grippe … Oder bist du gestürzt?« Mit einem Mal guckt er ehrlich besorgt.

Gestürzt? Das bringt mich aus dem Konzept.

»Wie kommst du denn darauf?«

Er zuckt mit den Schultern.

»Du bewegst dich anders. Irgendwie eingeschränkt.«

Beschränkt, meint er wohl. Ich will den Kopf schütteln, da fällt mir die Perücke wieder ein und damit auch der Grund für das, was Jasper *irgendwie eingeschränkt* nennt.

»Was ich sagen wollte«, setze ich von Neuem an. Bloß keinen Rückzieher jetzt. »Ich bin nicht gekommen, weil … mein Exfreund …«

»Ja?«

Wie er mich ansieht.

»Also, mein Ex und ich. Wir haben beschlossen, es noch einmal zu versuchen. Miteinander. Deshalb.«

Es ist raus. Ein Moment ist da Stille. Jasper beißt auf seine Unterlippe. (Weiß er eigentlich, wie scharf das aussieht?!)

»Wenn das so ist.«

»Ja.« Ich nicke. »So ist das.«

»Na dann«, sagt Jasper, und ehe ich michs versehe, hat er die Arme um mich geschlungen. Nur kurz, aber es reicht, um festzustellen: Er riecht noch besser als die Croissants.

»Nichts für ungut, Katha Katharina«, murmelt Jasper in mein Plastikhaar und lässt mich stehen.

Den Kirschgeschmack werde ich den ganzen Tag nicht los. Mir wird fast schlecht davon. Dabei ist klar: Ich habe alles richtig gemacht. Meinen Plan mit Erfolg umgesetzt. Ich sollte mich freuen. Momentan ist mein Leben auch ohne einen Typen, der mir zu nahekommt, kompliziert genug.

*

Vor Bio, nach Englisch, immer wieder höre ich: »Oh, du warst beim Friseur!« Ein paarmal kommt auch die Frage: »Hast du einen neuen Laden getestet?« Ich nicke jedes Mal. Lindy will sogar den Namen wissen. Da denk ich mir was aus, murmle »Art Director« und »Charlottenburg«.

Henri sagt, der Mensch kommt auf zweihundert Lügen am Tag. Auf eine mehr kommt's nicht an.

Und Notlügen waren schon immer erlaubt.

*

Ein Haufen Mädels und ich in der Umkleide. In der Luft das übliche Gequatsche. Das wäre mal eine Deutsch-Aufgabe, die meine Mitschülerinnen mit Bravour meistern würden: *Schreiben Sie eine Erörterung über die Vor- und Nachteile der verschiedenen Methoden der Haarentfernung.* Lindy schwört auf

Warmwachs. Natalia kriegt Ausschlag davon. Hat es aber noch nicht mit Aloe probiert. Zuckerpaste ist Aynur zu klebrig, der Epilierer ihr liebstes Gerät. »Tut das nicht weh?«, fragt Sara. Ein Schulterzucken. Ein »Man gewöhnt sich an alles«. (Ist das wirklich so? Gewöhnt man sich an alles? Gewöhne ich mich an mich?)

»Alles in Ordnung?« Thea sieht mich an. Ihr Blick der einer Krankenschwester. Ich glaube, sie will noch was sagen. Was es auch ist, ich mag es nicht hören.

»Hab meine Regel«, murmle ich, schlüpfe in den zweiten Schuh. »Ich glaub, ich mach heute besser nur das Aufwärmen mit.«

*

Nach der Schule laden mich Charlie und Thea ins Eiscafé ein. Beziehungsweise: Sie versuchen es. Als wüssten sie, was ich hinter mir habe.

»Nikolas kommt auch«, verkündet Thea.

Charlie stöhnt.

»Hast du damit ein Problem?«

»Warum sollte ich ein Problem mit dem Unglaublichen Nikolas haben?« Charlie stöhnt ein zweites Mal. »Niemand hat ein Problem mit dem Unglaublichen Nikolas!«

Thea verschränkt die Arme vor der Brust.

»Du hast so gestöhnt. Und eben schon wieder.«

»Charlie stöhnt einfach gern«, sage ich.

»Tatsache. Ich stöhne einfach gern.« Charlie nickt. »Es ist nur … dein Typ ist nachmittags *immer* dabei.«

»Dienstags und freitags hat er Klavier«, verteidigt sich Thea. Geht es um ihren Niki, lässt sie nichts auf sich beruhen, da ist sie wie ausgewechselt. Das ist so schön zu sehen, dass wir sie hin und wieder einfach foppen müssen.

»Außerdem ist das eben so, wenn man nicht auf die gleiche Schule geht.«

Sie sieht mich um Unterstützung bittend an.

Ich zucke mit den Schultern. »Von mir aus kann Nikolas die ganze Woche mit uns abhängen. Sollte er sein Klavier irgendwann satthaben.« Ich werfe den Fuchsbeutel über meine Schulter. »Aber ich bin heute definitiv nicht dabei. Muss meinen Opa besuchen.«

(Warum lüge ich sogar meine Freundinnen an?)

»Schade«, sage Thea und guckt mich an, bis ich blinzle.

*

Am Abend, im Bett, drehe ich die Perücke zur Wand. Soll sie doch die Tapete anglotzen. Ich schlafe sofort ein, so erleichtert bin ich, dass er endlich vorbei ist, dieser erste Tag »mit«.

*

Bald stellt sich so was wie Routine ein. Vormittags überrede ich die Mädels meist, die Pause in der Cafeteria zu verbringen. Sie denken, Jasper ist der Grund, der hängt hier mit seinen Kumpels ab. Dabei liegt es allein am Frühlingswind. Denn neben den Containern im Freien zu sitzen ist für mich riskant. Zu schnell blitzt das Netz hervor. Mehr als einmal sagt Charlie mit Blick zu den Zwölfern:

»Der Typ weiß ja gar nicht, was er verpasst.«

Und du weißt ja gar nicht, von wem hier die Abfuhr kam, denke ich und meine es nicht so fies, wie es klingt.

Manchmal lacht Jasper mit dem Pagenkopf, einmal streicht er ihr über den Arm. Treffen sich unsere Blicke, hebt er die Augenbrauen und winkt, nimmt mir den Exfreund nicht übel. Ich mir dafür umso mehr. Aber wie, bitte schön, sollte das gehen mit uns?

Auf dem Schulfest zwischen Waffelständen habe ich von Weitem seine wildschöne Mutter gesehen. Sie könnte Werbung machen für Haut und Haar. Oder auf einer Klippe sitzen und Seemänner ins Verderben ziehen. Ob von ihrem ebenso schönen Sohn eine ähnliche Gefahr ausgeht – für mich? Fest steht: Da passe ich nicht dazu.

Klar, meine Polyesterhaare fallen verlässlich perfekt. Als hätte ich mich jeden Morgen stundenlang über Kopf geföhnt. Der Nachteil: Genau das macht es verdächtig. Außerdem, eine blöde Bewegung, befürchte ich, und schon ist das Ding verrutscht. *Was ist, wenn jemand was merkt?* Beinahe noch öfter als sonst gehe ich zu den Toiletten, schau in die verschmierten Spieglein an der Wand.

»Probier's mal mit Cranberrysaft«, rät Thea.

»Hä?«, mache ich.

»So oft, wie du musst, hast du 'ne Blasenentzündung.«

»Guter Tipp«, murmle ich.

Mit der Zeit wird es besser. Die Perücke bleibt, wo sie hingehört. Vermutlich werden der Fremdkörper und ich langsam eins.

*

In einen sorgenvollen Kopf passen weder Vokabeln noch Formeln. Also lässt meine schulische Leistung nach, wie Herr Wachhold es so schön formuliert. Und genau so wird er es auch meinen Eltern sagen, denn der Sprechtag steht an. Vorsorglich nehme ich den beiden den Schwur ab: *Wir werden niemandem etwas erzählen.* Die Sache geht nur mich was an, ich entscheide, wer etwas wissen darf. (Niemand darf etwas wissen.) Meine Eltern sträuben sich, aber nur ein bisschen, wollen sie mir doch jeden Wunsch erfüllen. Der Vorteil aller Sorgenkinder.

»Das musst du ausnutzen«, ruft Henri. »Jede Wette, da ist auch eine Taschengelderhöhung drin!«

Ich zucke mit den Schultern. Spielt keine Rolle, ich bin ja sowieso kaum unterwegs. Längst vergessen, mein alter Wunsch, ein Snowboardkurs. Oder verdrängt. Anfänger stürzen auf der Piste, verlieren Handschuhe, Brillen und werweißwasnoch. Ich will nicht plötzlich entblößt dastehen, mitten im Schnee. Und überhaupt habe ich sie schlichtweg verloren, die Lust auf Abenteuer. Dafür braucht man Kraft.

*

Nachmittags lerne ich neue Wörter. Allergologie, Endokrinologie, wer denkt sich so was aus? Meine Mutter, meine ständige Begleiterin, verhaspelt sich nie. Trägt eine selbst angelegte Akte, die schwanger scheint. Beantwortet Fragen, findet Räume. Bestellt Kügelchen und Cremes. Bald treibt meine Mutter einen schnurrbärtigen Heiler auf, der massiert meine Füße. Eine andere trägt einen Wuscheldutt und will ein

Zauberelixier erpendeln. Außerdem rät sie zur Knoblauchkur. Die Augen meiner Mutter leuchten.

»Knofi magst du doch, oder?«

Ja, klar. In Butter, auf einem Baguette. Meinetwegen in Pastasoße. Aber nicht auf meinem blanken Kopf.

Außerdem ist uns längst klar: Bei einer Alopecia areata, die sich in eine universalis verwandelt, ist die Prognose schlecht.

*

»Hast du Hobbys?«, will ein gegelter Doktor-Doktor wissen, die Anamnese nicht mal abgeschlossen.

»Zöpfe flechten«, will ich sagen. »Haare raufen.«

Stattdessen ziehe ich die Überreste meiner Augenbrauen zusammen.

Meine Hobbys? Was spielen die für eine Rolle? Neben Schule, Hausaufgaben, Arztterminen und Heilpraktiker-Dates ist für so was keine Zeit. Verstehe sowieso nicht, dass andere einen Sinn darin sehen, Farbe auf Leinwand zu schmieren oder wie blöde gegen einen Ball zu donnern.

»Ich zum Beispiel gehe für mein Leben gern segeln«, sagt der Gegelte und zeigt auf ein Schiff an der Wand, das aussieht wie nach Zahlen gemalt. »Überleg dir, was dir Spaß machen könnte. Etwas, wo du ganz bei dir bist, und dann tu's! Und wenn du einen alten Quacksalber wie mich dafür versetzt, dann ist es gerade richtig.«

Der Termin war für die Katz' und nicht mal auf Kasse. Das ärgert meine Mutter, bis wir zu Hause sind.

*

Mögliches Hobby: Feldstudie betreiben im Familiensystem. Hypothese: In Krisenzeiten legt jedes Mitglied ein typisches Verhalten an den Tag.

Mutter: Frühzeitig dem Aktionismus verfallen. Hoher Redebedarf.

Vater: Ignoriert die Problematik weitgehend. Kaum bis kein Redebedarf.

Bruder: Ja, was ist eigentlich mit dem?

Weil auf dem Kopf noch immer was wächst, aber eben nicht genug, packt Henri jeden Sonntag seinen Elektrorasierer aus. Meine Mutter hält nichts davon. Sie fürchtet, wir verpassen einen »eventuellen« Therapieerfolg. Doch das ist Quatsch. Henri würde im Gegenlicht schon erkennen, wenn da was sprießt. Er weiß, worauf er achten muss. Abrasierte Haare wachsen als Stoppeln nach, neue Haare sind hell und weich wie Flaum. Außerdem liebe ich unser Geschwisterritual. In dem Moment gibt es nur uns, Brüderchen und Schwesterchen.

Unser Ritual fühlt sich so warm an, es sagt: Ich bin für dich da. Henris *Abstoßend* ist vergessen und verziehen. Er hat's nicht so gemeint. Ich beschließe: Ab jetzt darf ihn nur noch Henri sehen, meinen nackten Kopf.

Auch Thea und Charlie sind Familie, klar, manchmal sogar noch mehr. Sagen kann ich es ihnen trotzdem nicht. Wie auch? Und wo? In der Cafeteria, beim Kaffeekauf: »Mädels, hab ich euch schon erzählt, dass ich mein Fell verliere?« Oder bei den Containern, wo niemand lauschen kann: »Fun Fact der Woche: Ich krieg 'ne Ganzkörperglatze.«

Unmöglich. Warum? Ich weiß es nicht.

Vielleicht, weil Charlie gerne mal lästert. Über Evis Fehlkäufe in puncto Jeans. Über Saras gepushten BH. Über Lindys silberne Fingerspitzen. Über ihre Verflossenen. Auch über sich selbst. Aber all das ist doch kein Vergleich.

Vielleicht, weil Theas Onkel keine Haare hat. Wegen der Chemie in seinem Blut, seiner angefressenen Lunge. Kann sein, dass er stirbt, noch dieses Jahr. Thea nennt ihn Kleiner Onkel, ihren liebsten Verwandten, und spricht mit glitzernden Augen von ihm. Dagegen ist mein Problem doch lächerlich. Zumindest irgendwie.

Fakt ist: Die Alopezie bringt mich nicht um, wie auch niemanden sonst. Sie ist nicht lebensgefährlich. Ich könnte hundert werden. Aber will ich das? Ich meine: so?

Ja, wenn ich ein Mann wäre! Männer tragen Glatzen spazieren, manchmal mit fast ekligem Stolz. Klarer Fall von einer Überdosis Testosteron. Oder wenn ich älter wäre. Längst einen hätte, der zu mir halten muss, in guten wie in schlechten Zeiten, weil wir drei Kinder haben, ein Haus und einen Labrador. Und wenn sie nicht gestorben sind … Vielleicht sollte ich mit irgendjemandem – aber mit wem? Mit einer Hexe? – einen Deal verhandeln: Lass meine Haare wachsen, nur noch zehn Jahre. Dann kannst du sie haben, alle, für immer.

*

Der Gedanke, wie abgrundtief gemein das alles ist. Jasper, ausgerechnet Jasper, interessiert sich für mich. Und ich kann es nicht mal versuchen mit ihm.

Denn ich bin nicht die, für die er mich hält. In die er sich (möglicherweise) ein (klitzekleines) bisschen verguckt hat. Auch ein Sprichwort fällt mir ein, das haue ich mir um die Ohren. Wer mich nimmt, kauft die Katze im Sack. Und denkt dann vielleicht: Was soll ich mit der, die muss doch ins Wasser.

*

Henri nimmt sich mal wieder meinen Schädel vor. Fasst mich mit Samthänden an. Das Rasierersummen in den Ohren, schließe ich die Augen. Träume mich weg.

Bis es passiert.

»Verdammt!«

Ich reiße die Augen auf, sehe hinter mir ein rotes Spritzen. Schlagaderheftig.

»Verdammt! Katha! Das tut mir leid!«

Ich springe auf. Einen Moment habe ich fast Angst um mich.

»Scheiße, Henri!«

Ich fasse mir an den Kopf, ins blutige Nass.

Bloß, da ist nichts nass, es tut nichts weh. Da ist auch kein Schnitt.

Ein Blick auf den Bruder, seine Nasenflügel zittern, das altbekannte Beben setzt ein.

Er hat doch nicht etwa –?! Doch. Hat er. Er hat es gewagt. Einen seiner berühmt-berüchtigten Scherze gemacht. Darüber. Darüber! Es ist fast nicht zu fassen.

Fake Blood, steht auf der Tube, die Henri stolz aus seiner Tasche zieht und die, wie er betont, nicht billig war.

*

Die elterliche Standpauke beim Abendessen lässt Henri stoisch über sich ergehen. Überzeugt davon, ein gutes Werk vollbracht zu haben.

Und tatsächlich: Ab jetzt ist Lachen offiziell erlaubt.

(Das ändert nicht alles, aber ein bisschen was schon.)

Vier

Irgendwer sagt, dass Jasper eine Freundin hat. Falls es stimmt: Auf unsere Schule geht sie nicht. Der Pagenkopf scheint anderweitig vergeben, knutscht vor dem Tor mit einem dünnen Blonden. Wer ist es dann? Vielleicht eine, die Jasper vom Klettern kennt? Ich wüsste gerne mehr – Wie heißt sie? Was macht sie? Was hat sie für Haar? –, aber kriege nichts raus.

*

Meine Eltern verreisen. Ein verlängertes Wochenende am Meer, bevor der Frühling zum Sommer wird und die Touristen kommen.

»Können wir dich wirklich allein lassen?«, fragt meine Mutter und sucht ihren Bikini raus. Der ist neu und fast unverschämt rot.

»Ich bin nicht allein. Henri ist da.«

»Der zählt nicht«, sagt meine Mutter lächelnd, die Salzluft schon in der Nase.

»Claudi kommt gern mal einen Abend vorbei.«

»Claudi?« Ich stöhne. »Womit habe ich die verdient?«

»Dann eben nicht.« Meine Mutter sieht mich an.

»Aber tu mir einen Gefallen und unternimm was Schönes, ja? Schau doch mal in diesen neuen Laden für Künstlerbedarf rein. Der soll toll sein! Und früher hast du so gern gebastelt.«

Ich stöhne lauter. Jetzt fängt sie auch noch mit den Hobbys an! »Du musst mir eines versprechen, Katha«, sagt meine Mutter nun. »Wenn was ist, wenn es dir nicht gut geht, ruf uns an.«

Den Teufel werde ich tun. Sturmklingeln, wenn auch nur per Telefon, macht jede Erholung kaputt. Außerdem: Ich komm schon klar.

*

Okay, vielleicht ist Jasper vergeben. Aber man wird ja noch träumen dürfen. Die Lichterkette angeknipst, liege ich im Bett. Habe nur ein T-Shirt an, schließe die Augen und stell mir was vor. Es ist leichter, weil ich weiß: Die Eltern sind am Meer und Henri auf einer Party am See.

Wir sind fein essen, Jasper und ich. Teilen uns eine Schokomousse bei Kerzenschein. Schnitt. Wir gehen durch den Abend. Er legt seinen Arm um mich, zieht mich nah und näher. Schnitt. Wir sind bei ihm zu Hause. Er flüstert »sturmfrei«, direkt in mein Ohr. Schnitt. Wir liegen auf seinem Sofa. Ich küsse ihn und er küsst mich. Schnitt. Ich streichle seine Arme, seine Brust. Er fährt mit einem Finger über meine Lippen, wandert meinen Hals entlang zum Nacken und greift in mein Haar.

Schnitt!!

Jedes Mal, an genau dieser Stelle. Er hält meinen Schopf in der Hand wie einen Skalp. Die Augen weit aufgerissen, würde er am liebsten Mama schreien. Gänsehaut kann man aus verschiedenen Gründen haben. Mein Film hat urplötzlich die Sparte gewechselt. Horror. Kalt duschen hätte den gleichen Effekt.

*

Henris Party hingegen war ein Erfolg. Zwischen ihm und der Piepmaus hat es doch noch geklappt. Ich erkenne sie erst, als sie was sagt. Ups oder Huch. Für so eine kleine Stimme ist sie ganz schön groß. Noch größer als ich. Sie ist gerade aus Henris Zimmer geschlüpft, wollte wohl schnell ins Bad. Mutig, nur so im froschgrünen Slip. Die straßenkaterschwarzen Haare höchstens daumenlang, Spitzen wie in lila Tinte getaucht. Große, blitzende Augen. Gerötete Wangen. Ich mag sie sofort. Was es nur schlimmer macht, dass Henri sie nicht angekündigt hat. Dann hätte ich nämlich die Perücke auf. Henri, der Idiot! Kann er sich nicht denken, wie unangenehm das für mich ist? Wie unglaublich peinlich? Bloß nichts anmerken lassen, denke ich, keine Schwäche zeigen.

»Ich bin Tiffi«, sagt die Mangafrau und macht was Lustiges mit ihrem Mund, deutet dann auf ihren nackten Oberkörper. »Sorry. Der Auftritt war nicht geplant.«

Ich zucke mit den Schultern. Winke – hoffentlich lässig – ab. »Bin ja selbst oben ohne.«

Als ich Henri in seinem Zimmer lauthals lachen höre, bin ich fast stolz. Trotzdem werde ich ihm später die Leviten lesen.

Doch erst mal verdoppelt sich das Kleinschwester-Glück. Am Abend ist Kino angesagt und die beiden nehmen mich mit. Weil ich meinen Fuchsbeutel nicht finden kann, steckt Tiffi mein Portemonnaie in ihre Tasche. Mein Geld hätte ich aber gar nicht gebraucht, denn Henri lädt mich ein. Vielleicht, weil er ein schlechtes Gewissen hat. Tiffi gibt das Popcorn aus. Es gibt Tage, die sind die Hölle. Und es gibt Tage, die sind durchaus auszuhalten.

*

Vor dem Zähneputzen klopfe ich noch mal bei Henri. Tiffi ist schon zu Hause; sie muss früh in die Uni, studiert irgendwas mit Bio oder Chemie. Oder Biochemie?

»Ich hab morgen eine wichtige Prüfung. Da muss ich fit sein«, erklärte sie beim Abschied und zupfte Henri vergnügt am Ohr. »Und der hier lässt mich leider kaum schlafen.«

»Leider?«, fragte Henri und zog sie an sich ran, steckte – wenn ich mich nicht täuschte – seine Zunge in ihr Ohr.

»Dritte Person anwesend«, murmelte ich. Dabei freue ich mich für Henri und bin nur ein bisschen neidisch. Weil ich auch gern einen hätte, der mich nicht schlafen lässt oder den ich nicht schlafen lasse. Den ich am Ohr zupfen kann. Vielleicht in einem anderen Leben. Wenn ich nicht als Regenwurm wiedergeboren werde. Wobei, auch die pflanzen sich ja irgendwie fort.

»Was gibt's?«, fragt Henri. Er sitzt vor dem Rechner, stellt hoch konzentriert eine Playlist zusammen. Bestimmt lauter Liebeslieder.

»Was weißt du über das Sexualleben von Regenwürmern?«

»Hä?«

»Vergiss es«, sage ich und hole Luft. »Henri, du hättest mir sagen sollen, dass du jemanden mit nach Hause bringst.«

»Das wusste ich ja bis zu unserer Haustür selbst nicht.« Klick, noch ein Song wird markiert. »Und du hast geschlafen.«

»Dann weck mich halt. Das ist definitiv eine Situation, in der man mich wecken darf.«

Klick, klick.

»Ehrlich gesagt war ich anderweitig beschäftigt ...«

»Sei kein Arsch«, sage ich, mehr nicht.

Henri denkt nach, ich kann sehen, wie er nachdenkt. Sein Zeigefinger schwebt über der Maus, regungslos.

»Du hast recht«, murmelt er in Richtung seines Rechners und nickt. »Tut mir leid. Kommt nicht wieder vor. Wobei ich sowieso schwer davon ausgehe, dass ich jetzt erst mal niemand anderen mit nach Hause bringe. Und Tiffi weiß ja schon Bescheid.«

Ich trete von einem Bein aufs andere.

»Was hast du Tiffi von mir erzählt?«

»Dass du unwahrscheinlich nerven kannst.« Er sieht mich immer noch nicht an. »Dass du vom Sternzeichen Skorpion bist. Dass du mir immer die Chips wegfutterst. Dass du ein geradezu perverses Interesse an Würmern hast.«

»Ich meine die Glatze.«

Die Glatze. Das klingt, als meinte ich den Nazi aus dem Erdgeschoss. Dabei rutscht das Wort mit Artikel einfach leichter von der Zunge als mit Personalpronomen. Grammar rulez.

»Ich habe gesagt, dass in deinem Jahrgang Läuse rumgingen.«

Das reicht mir nicht, nicht heute.

»Kein guter Moment für Witze«, sage ich.

»Tut mir leid«, sagt er. Endlich sieht Henri über die Schulter zu mir.

»Was soll ich ihr schon erzählt haben? Dass du eine entzündliche, ungefährliche und nicht ansteckende Haarausfall-Erkrankung namens Alopezie hast.«

Wow. Hätte nicht gedacht, dass er die Broschüren liest.

Mein Bruderherz.

»Und Tiffi, was hat Tiffi gesagt?«

»Sie meint, du hast einen aparten Hinterkopf.«

»Und sie hat ein apartes Dekolleté.«

»Ach ja?«, fragt Henri unschuldig und dreht sich betont langsam wieder zum Bildschirm um. »Hab ich noch gar nicht bemerkt.«

*

Ob es Jungs gibt, die auf Glatzen stehen? Die das … anmacht? Die sich vielleicht dran reiben wollen, wie andere zwischen Brüsten? Das Bild will nicht aus meinem Kopf. Bloß nicht bei so einem landen, denk ich. Ich will doch bloß Blümchensachen machen.

*

Kaum sind meine Eltern zurück – verliebt sehen sie aus und tatsächlich erholt –, geht es wieder mit den Terminen los. Ich bekomme neue Pillen, rein pflanzlich ab jetzt.

»Dabei ist mir einfach wohler«, sagt meine Mutter. »Du steckst ja noch mitten in der Entwicklung.«

Mir ist es egal. Ich weiß nur: Wer so viel schluckt wie ich, braucht eigentlich kein Frühstück mehr.

*

Es ist nicht gerade angemessen, wenn im Wartezimmer eines Haarausfall-Profis ein Heft liegt, das die Frisurtrends des Jahres verkündet. *Die dürfen Sie nicht verpassen!* Der eine Schnitt würde meiner Mutter stehen … und dieses Schokobraun hätte ich auch mal gern … schnell blättere ich weiter. Zum Glück steht in der Zeitschrift noch mehr und ein Artikel interessiert mich besonders. Ich halte die Seiten so, dass meine Mutter nicht reingucken kann, und verschlinge *33 Tipps für dauerhaftes Prickeln im Schlafzimmer.* In Turbogeschwindigkeit bewegen sich meine Augen von links nach rechts und von oben nach unten. Wer weiß, wann ich aufgerufen werde.

Tipp Nummer 19: *Ziehen Sie blank! Überraschen Sie Ihren Liebsten mit einem Brazilian Waxing.*

Ich versuche, was Gutes darin zu sehen, dass ich mir die Prozedur wohl sparen kann. Tut sicher schweineweh. Andererseits wäre meine Nacktheit bald keine Überraschung mehr und genau die ist laut Zeitschrift das Ahh und Ohh. Das steht da wirklich! Texterin sollte man sein. Ich müsste meinen Liebsten also mit einem Busch überraschen. Ein Brusthaartoupé zurechtschnippeln. Einen Weihnachtsmannbart zwischen meine Beine hängen. Mensch, ich wünschte, Charlie wäre hier. Das ist genau ihr Humor. Dann fällt mir ein: Sie weiß ja gar nicht Bescheid.

Trotzdem muss ich immer wieder kichern. Auch im Sprechzimmer noch. »Stress«, meint meine Mutter entschuldigend und schiebt mich auf den Stuhl.

*

Auf dem Heimweg, im Auto, meldet sich mein Handy. Auf dem Display prangt eine unbekannte Nummer, darunter eine Frage.

Wie läuft das Experiment mit dem Ex?

Einen Moment brauche ich, um zu kapieren, von wem die Nachricht ist. Jasper. Jasper Bergemann hat meine Nummer! Woher? Egal!

gut, glaube ich, schreibe ich und *lieb, dass du fragst*. Denk ewig darüber nach, auch ein Emoticon zu tippen, und lass es dann sein. Jungs stehen nicht auf so was. (Hat Henri mal gesagt.) Und Jasper, was antwortet der, keine fünf Sekunden später?

:o) :o) :o)

Drei gelbe Grinseköpfe. Weil er sich für mich freut? Aber wieso freut er sich denn? Weil er sowieso kein ernstes Interesse hatte? Weil es stimmt, dass er eine Freundin hat? (Wie heißt sie? Was macht sie? Was hat sie für Haar?) Zugegeben: Den Gedanken, dass Jasper vergeben ist, ertrage ich kaum. So eine bin ich also. Ich will ihn nicht. (Kann ihn nicht haben.) Aber eine andere darf auch nicht! Keine Frage, das gibt Karma-Abzugspunkte.

*

Der Tag darauf fängt schrecklich an und geht genauso weiter. Zwischen Müslipackung und Milch betrachtet meine Mutter mich wie eine Forscherin ihr Insekt. Ich zähle die Sekunden, bis ihr auffällt, was anders ist.

»Deine Wimpern!«

»Aufgebraucht.« Ich zucke mit den Schultern. Mitleid macht alles nur noch schlimmer. Man kann so lässig tun und dabei so traurig sein. »Es gab heute Nacht dummerweise keine einzige Sternschnuppe. Und ich hatte ein paar unaufschiebbare Wünsche.«

Für den Spruch ein Daumenhoch von Henri. Er weiß ja nicht, dass ich eine Viertelstunde geflennt habe, vorhin, im Bad, als mich diese Augen begrüßten. Habe mir ewig einen kalten Waschlappen ins Gesicht gedrückt. Denn es gibt nur eines, das schlimmer ist als nackte Augen: rote nackte Augen.

Wenigstens ist heute Samstag. Keine Schule. Da kann ich gleich los, in die Passage, und besorgen, was ich brauche.

*

Das Regal ist meterlang, gefüllt mit Fläschchen, Tiegeln, Tuben. Dazwischen Spiegelspiegelspiegel. Immer muss man sich sehen können, es ist nicht auszuhalten.

Orientierungslos wandere ich auf und ab, frage mich, ob es einfacher wäre, wenn ich wie Lindy oder Sara wäre. Dann hätte ich zu Hause ein ganzes Arsenal, könnte mit geübter Hand hier und da was mogeln. Das Ganze hat mich bisher nie besonders interessiert. Es ist Ironie von der bittersten Sorte, dass ich mich nun danach sehne, mich herzurichten. Was würde ich gern mit Haarspray, Gel und Schaum experimentieren. Farbe auf meine Haut tupfen und pinseln, um irgendwas besser zur Geltung zu bringen. Etwas, das ich längst nicht mehr habe.

Klar, Kajal und Mascara besitze ich, das kann ich schon, das mach ich auch. Ich bin immerhin die Tochter meiner Mutter. Aber jetzt sind drastischere Maßnahmen gefragt. Sie sind meine letzte Hoffnung, der Strohhalm, an den ich mich klammere.

Kein Zweifel, der Hausdetektiv hat mich längst auf dem Schirm. Schleicht hinter mir her. Ich nehme es ihm nicht übel. Weiß ja selbst, ich sehe aus wie eine, die was klauen will. So gebeugt, wie ich durch die Gänge husche. Klauen. Das wäre doch mal ein ungewöhnliches Hobby, denke ich und trage alles, was im Körbchen landet, brav zum Band:

1 Set Künstliche Wimpern *Sensation* (die billigen)
1 Set Künstliche Wimpern *Volume Power I* (die teuren)
1 Augenbrauenstift *Nature Brown*
3 Augenbrauenschablonen

Kurz vorm Bezahlen geh ich noch mal zurück. Brauche unbedingt auch Nagellack. Lilalaunebunt, mit Glitzer. Erstens, zieht der Lack vielleicht einen Teil der Aufmerksamkeit auf sich. Zweitens, sieht er fröhlich aus. Vielleicht färbt das ja irgendwie ab.

*

Zu Hause stellt sich raus: Das Geld für den anderen Kram hätte ich besser gespart. Die Wimpern sind was für Rosenmontag, der Brauenstift eddinggleich und die Schablonen landen direkt im Müll. Solche Haken, solche Zacken und umgedrehten Vogelvaus hat doch niemand auf der Stirn.

Ich lege mich auf die Badematte. Keine Haare auf dem Kopf ist das eine. Überhaupt keine Haare im Gesicht das andere. Ich sehe krank aus. So verzweifelt bin ich, dass ich nicht mal mehr weinen kann. Wenn keine Tränen mehr da sind, was kommt dann?

Fünf

Dass man immer wieder vor sich erschrecken kann. Was mich aus dem Spiegel anstarrt, ist nicht von dieser Welt. Ein Alien. Ein Es. Will nicht auf dieser Welt sein. Nicht so.

Jeden Morgen das Gefühl, im falschen Körper zu stecken. Das da bin nicht ich. Das ist so leer. So hässlich. Entstellt.

Zu allem Überfluss drängen meine Eltern zu einer Brille aus Fensterglas. Das wird in einer Broschüre empfohlen. Denn ohne Wimpern sind meine Augen Staub und Schmutz schutzlos ausgeliefert. Es ist mir egal.

Ich muss an diesen Film denken: Ein Mädchen wacht im Körper ihrer Mutter auf. Steht schreiend vor dem Spiegel. Logisch, in der Geschichte nimmt es ein gutes Ende. Nach irgendeiner Erkenntnis ist alles wie zuvor. Aber: Welche Erkenntnis wartet auf mich? Und was spielt sie für eine Rolle, wenn es nicht mehr wird, wie es war?

Alopezie ist ein Sturm, der weht die Haare davon. Doch das ist nicht alles. Das Geschehen zieht bloß so viel Aufmerksamkeit auf sich, dass man nicht gleich merkt: Die Krankheit tut noch mehr. Sie rüttelt an den Festen des Selbstbilds. An dem man jahrelang gesessen hat, mit feinem Pinselstrich. Ein Bild, das man mag oder auch nicht. Es ist nicht wichtig, denn die Hauptsache ist: Man kennt das Bild. Und nun soll alles anders sein?

Bin ich eine andere, »nur« weil ich anders aussehe? Ohne Zweifel werde ich anders wahrgenommen. Wer mich so sieht, denkt entweder: »Die ist krank!« oder »Die ist ja krass!«. Vielleicht sogar beides zusammen. Vielleicht fragt man sich auch: »Was will die uns sagen mit diesem verstörenden Look?«

Nichts will ich sagen. Ich will gar nichts sagen. Das ist kein Look! Auch will ich nicht die Erste sein, die euch an andere gewöhnt, die so sind wie ich. Denn angeblich gibt es noch mehr da draußen.

Bin ich eine andere, weil ich etwas erlebe, das ihr euch nicht mal vorstellen könnt? Kann sein, es macht mich zur erfahrenen, weisen Alten. In hundert Jahren. Aber jetzt bin ich jung, verdammt!

Mein Aussehen lenkt ab von der, die ich wirklich bin, denke ich. Aber wer bin ich eigentlich, jetzt, in diesem Moment? Und wer ist eigentlich die, die Jasper mag? Und wer bin ich morgen? Oder: Wer will ich sein? (Wer kann ich noch sein?)

Sechs

In der Schule sehen sie mich nur selten. Die Gefahr, dass jemand was merkt, hat sich ins Unermessliche gesteigert. Mit hochgezogenen Schultern verbringe ich die Pausen in den abgelegenen Gängen oder verstecke mich auf der Toilette.

Thea und Charlie verstehen nicht.

»Bist du wegen irgendwas sauer?«

»Haben wir was falsch gemacht?«

Vielleicht hätte ich sie damals sofort einweihen sollen. Ihnen die ersten kahlen Stellen zeigen, so wie beim ersten Fleck im Slip. Nun geht das nicht mehr; sie haben zu viel verpasst. Ich habe sie zu viel verpassen lassen. Wie sollen sie jetzt noch verstehen? Unmöglich, dass sie nicht enttäuscht sind oder wütend werden, weil ich all das geheim gehalten habe. Wo sie doch meine besten Freundinnen sind! Meine Befürchtung: Durch mein Schweigen habe ich sie zu 08/15-Freundinnen, zu Schulkameradinnen, bloßen Bekannten gemacht.

Es gelingt mir, Thea und Charlie abzuwimmeln. Was ich sage, höre ich nicht. Vielleicht »Ich brauche ein bisschen Zeit für mich«, vielleicht »Lasst mich doch einfach in Ruhe!«. Jedenfalls habe ich Erfolg. Sie drängen nicht mehr und ich bin für mich. Nicht für lange, das ist schon klar. Aber ein bisschen Alleinsein ist besser als nichts; es ist das, was ich will. Ob es mir guttut, ist eine andere Frage. Eine Frage, die ich übergehe.

*

Ich versuche es mit dem Einkaufszentrum, dem Rückzugsort aller Schwänzer. Fahre Rolltreppen hoch und runter, um in Bewegung zu bleiben, um nicht durchzudrehen. Aber es gibt zu viele Spiegel und reflektierende Glasfronten noch dazu.

Deshalb zum See. So früh ist hier fast keiner, obwohl bereits Juli ist. Mein Fuchsbeutel ist noch immer nicht aufgetaucht, deshalb habe ich Henris alten Rucksack dabei. Ich werfe mein Rad ins feuchte Gras, meine roten Chucks und die Socken daneben. Lege mich auf eine Decke, schiebe den Rucksack vorsichtig unter meinen Kopf. Ich schließe die Augen, atme. Höre Vögel, ein Flugzeug und bin einfach nur da. Wie gut das tut. Kann das ein Hobby werden? Im Grünen liegen und einfach nur … existieren? Vielleicht, wenn ich unter meinen Ersatzhaaren nicht so schwitzen würde.

Mit einem *bin krank* melde ich mich bei Thea und Charlie ab. Damit sie nicht auf dumme Gedanken kommen, zu Hause anrufen und sich nach mir erkundigen. Meine Eltern wissen von nichts.

Langsam trudeln noch andere ein. Ein Yogamann in Boxershorts. Eine dicke Frau mit drei klapperdünnen Hunden. Eine

Alte setzt sich sofort auf einen Felsen, nackt, mitten in die Sonne. Ihre Altersflecken sehen aus wie Sommersprossen, ihr Schamhaar ist lang und glatt. Noch interessanter ist ihre Schulter. Darauf prangt ein tintenblauer Anker. Der bringt mich auf eine Idee. (Die mir jedoch fast entwischt, weil mein Handy sich meldet.)

sieh zu dass du wieder fit wirst, schreibt Charlie, nachtragend ist sie keine Spur. *am wochenende party bei aynur*

geb mein bestes, tipp ich. Und denke: von wegen.

mit motto!, schreibt Charlie. *sobald ich es rauskrieg schreib ich dir. damit du dir auf dem krankenbett schon ein kostüm überlegen kannst*

bin gespannt, tippe ich. Und denke: nicht. Stelle das Handy lautlos, guck erst zwei Stunden später wieder aufs Display.

and the motto is … bad taste!

genial oder?

kann ich endlich mal die klamotten tragen die mir meine mutter immer kauft

oder ich organisier mir so ein paar plateauschuhe

ganz in pink wäre auch was! barbiestyle

aynur here i come!

katha lebst du noch?!

oder wurde dein handy geklaut? hey du gib sofort das handy meiner besten freundin zurück kapiert?

Überflüssig zu sagen, dass Charlie eine SMS-Flatrate hat.

*

Die väterliche Gemüsesuppe am Abend wird garniert mit mütterlichen Sätzen. Von Aufforderungen über Bitten bis hin zu zaghaften Drohungen alles dabei.

»Katharina, du musst mit uns sprechen!«

»Bitte, mein Schatz, wir machen uns solche Sorgen!«

»Wir sind doch für dich da!«

»Wo soll das enden? Wie sollen wir dir helfen, wenn du nicht mit uns sprichst?!«

Dann sagt auch mein Vater einen Satz.

»Du machst mir Angst.«

(Da haben wir was gemeinsam, denke ich. Ich mir nämlich auch.)

Der Anlass: Meine Mutter hat es rausgekriegt. Mich gesehen, mit eigenen Augen! Auf dem Rad am Vormittag! Die Schule zehnstationenweit entfernt.

»Regt euch ab!«, schimpft Henri, mein Verteidiger. »Mama, sie ist vor deinem Büro rumgefahren. Vor deinem Büro! Das ist nicht gerade um die Ecke.«

Meine Mutter sieht ihn an, verständnislos.

»Mensch, Katha *wollte* erwischt werden.«

Kann das sein? Und was war das dann? Ein Hilfeschrei? Falls ja, dann hat sie ihn gehört. Auf einmal schlingt meine Mutter ihre Arme um mich, sie wiegt mich wie ein Baby. Das lässt Tränen fließen, bei ihr und bei mir. Wir weinen im Kanon, zwei, drei Minuten lang. Henri ist längst weg, mein Vater auch, da murmle ich ins dichte Mutterhaar: »Ich lass mich tätowieren.«

Meine Mutter erstarrt, rückt ab, hält mich an den Händen fest. Ihr feuchter Blick kündigt einen Vortrag an. Sie denkt: Jetzt ist sie völlig durchgeknallt. Befürchtet eine Rose auf der Brust, ein Geweih samt Hirsch und Hochsitz auf dem Po.

»Augenbrauen«, sage ich. »Ich will Augenbrauen.«

Sieben

Ein gefrorenes Kotelett im Gesicht, liege ich auf dem Sofa. (Eispacks waren aus.) Fühle mich kampfverletzt wie ein Boxer, schlapp und aufgeregt zugleich.

»Zum Anbeißen«, sagt Henri im Vorbeigehen, schießt ein Foto, locker aus der Hüfte. »Da haben deine Kinder später was zu lachen.« Bin zu müde für Protest.

Ich denke über Henris Worte nach. Er meint, dass ich später Kinder haben werde. Üblicherweise braucht man dazu einen Mann. Also geht Henri davon aus, dass ich einen abkriege. Ob er der Einzige ist? (Und warum denke ich eigentlich über nichts anderes nach? Werd ich halt Nonne. Die können auch glücklich sein. Und erfolgreich. Hat eine nicht sogar den Nobelpreis gekriegt? Vielleicht werde ich dann heiliggesprochen.)

Mein Handy klingelt, Thea ist dran.

»Wie geht es dir?«, fragt sie, ehrlich besorgt. Eine Sekunde lang befürchte ich, Thea weiß Bescheid. Hat sie von dem Mutter-Tochter-Spontanausflug in *Violas Beautysalon* gehört? Von den fein gestrichelten Pigmentbögen auf meiner Stirn? Die Brauen sind noch ein bisschen zu dunkel, aber Viola hat versprochen, dass sie bald heller werden. Und Viola muss es wissen. Sie hat sich selbst pigmentieren lassen, wollte immerschöne Augen und tausendschöne Lippen – passend zum luftigen, strohblonden Haar. Dank Viola wissen wir auch: Das auf meiner Stirn ist kein echtes Tattoo. Im Laufe der Jahre verblassen meine Brauen von selbst.

»Dann sind deine echten bestimmt wieder da!«, flötete meine Mutter. Sie blätterte 500 Euro auf den Tresen, als kaufe sie ein kleines Eis. Dabei sind 500 Euro ein Snowboardkurs samt geliehener Ausrüstung, Pistenpass und Übernachtung. Keine Selbstverständlichkeit. Der Vorteil einer Mutter, der Äußerlichkeiten so wichtig sind. (Für den Gedanken kann ich mich selbst nicht leiden. Vielleicht ist ihr mein Glück einfach alles Geld der Welt wert. Warum kann ich nicht einfach dankbar sein?!)

»Katha? Bist du noch dran? Geht es dir besser?«

»Ja«, sage ich. »Ja, auf jeden Fall.«

Das ist nicht mal gelogen. Ein bisschen Kopfschmerzen habe ich, dabei hat das Brauenritzen nicht besonders wehgetan. Kaum schlimmer als Zupfen. Das waren noch Zeiten, als ich eine Pinzette nicht nur für Splitter brauchte.

Am anderen Ende der Leitung ein undefinierbares Rascheln.

»Ja, ja! Ich frag sie schon!«, sagt Thea nicht zu mir. »Charlie will wissen, ob du zur Party kommst.«

Ich richte mich auf und das Kotelett fällt zu Boden.

»Zu Aynur? Glaub nicht.« Ich angle das Fleisch vom Boden, klatsche es wieder in mein Gesicht.

»Glaub nicht, sagt sie.«

»Glaub nicht gibt's nicht!«, höre ich Charlie rufen. Sie schnappt sich das Handy.

»Mensch, Katha! Wir brauchen dich! Wir gehen als die drei Damen vom Grill. Kittelschürze. Blümchenbluse. Föhnfrisur.«

Sie brauchen mich. Sie mögen mich. Obwohl ich ihnen eine kalte Schulter gezeigt habe, eisköniginnenkalt. Das tut mir leid, wirklich, aber mit auf die Party kann ich nicht.

»Katharinalein, nun hab dich nicht so. Es sind drei Damen. Nicht zwei.«

Ich wimmle Charlie ab mit ihrem eigenen Trick.

»*Komm gleich, Mama!*«, brülle ich und sage leiser in den Hörer: »Muss auflegen.« Bevor Charlie etwas erwidert, hab ich sie weggedrückt.

Meine Mutter hat mit ihren Mutterohren natürlich alles mitgekriegt. Jetzt rückt sie nicht von meiner Seite, klebt an mir wie die goldene Gans. »Was glaubst du nicht?« und »Worum ging's denn, Schatz?« und: »Ist Aynur nicht die, die immer so schöne Feste feiert?« Sie findet: »Ein Fest ist doch jetzt genau das Richtige für dich.«

*

Sie lässt mich den ganzen Tag nicht in Ruhe, die Rollen absurd vertauscht. Was musste ich schon um Partys betteln, um halbe Stunden nach Mitternacht! Jetzt würde meine Mutter mich wahrscheinlich persönlich zur Tanke chauffieren, damit ich mich mit allem eindecken kann, was man so braucht.

Um meine Ruhe zu haben, gebe ich meiner Mutter schließlich, was sie will: einen Grund für mein Zögern. Ob es der wahre ist? Keine Ahnung.

»Für die Party bräuchte ich eine Föhnfrisur.«

»Eine Föhnfrisur«, wiederholt meine Mutter und nickt. Sie weiß genauso gut wie ich: An einer Kunsthaarperücke darf man selbst nichts ändern. Wenn es denn unbedingt sein muss, müssen schon echte Profis ran.

»Eine Föhnfrisur«, sagt sie noch einmal und ihre Augen leuchten. »Na, die ist auch noch drin!«

*

So spontan hat die Kupfergoldne keinen Termin. Sie schickt uns in die *Haarbar*, ein Friseursalon für Normalos, der auch »Perücke kann«. »Zumindest Andy, frag nach dem.«

Andys dunkelbraune Haare ziehen sich wie eine Donauwelle über seinen Kopf. Er spitzt die Lippen, als er mich sieht, hat mich auf den ersten Blick enttarnt. Tut verschwörerisch, geheimnisvoll und redet viel zu laut. Er gibt *Drei Damen vom Grill* in sein Smartphone ein, startet die Bildersuche und nickt:

»Kriegen wir hin. Kriegen wir nachher auch wieder raus. Damit du nicht wochenlang rumläufst wie die Würstchentrulla vom Dienst.«

Bloß, schneiden würde er vorher gern ein bisschen. »Hat das Ding denn niemand angepasst? Glaub mir, das sieht dann auch nachher besser aus.«

Ein ergebenes Nicken. Hauptsache, er ist still.

Doch dann gibt es ein unvorhergesehenes Problem. Die mittelguten Scheren sind gerade beim Schleifer. Und die guten definitiv zu gut für mein Kunsthaar. Und mich.

»Nimm es mir nicht übel, Süße.« Andy seufzt ein Bühnenseufzen. »Aber mein gutes Werkzeug mache ich an deiner Perücke garantiert nicht stumpf. Komm in einer Woche wieder, ja?«

Dank Andys Spiegel spüre ich nicht nur, sondern sehe auch, wie sich meine Wangen färben. Ich stehe auf, lasse mich rückwärts aus dem Salon komplimentieren. Da stellt sich meine Mutter in den Weg, schiebt mich wieder rein.

»Dann schneiden Sie halt nicht«, donnert sie. »Meine Tochter will eine Föhnfrisur. Und einem Föhn kann die Perücke doch sicher nichts anhaben!«

Nicht nur Andy verzieht den Mund.

»Wasserdampf«, sagt er. »Wir arbeiten mit Wasserdampf.«

Meine Mutter lässt sich nicht irritieren.

»Dann packen Sie den Dampfer aus!«

Andy schüttelt den Kopf. Er macht ungern halbe Sachen, er hat nämlich, bitte schön, einen Ruf zu verlieren.

»Meine Tochter will auf ein Fest!«, ruft meine Mutter. »Jetzt kümmern Sie sich schon um die Perücke!« Das letzte Wort schallt besonders laut. Sie drückt mich auf einen Stuhl, wirft mir sogar einen Umhang zu. Alle Köpfe, die unter Hauben, die mit Silberfolie, Farbe und Klammern im Haar, drehen sich zu uns um.

Andy ist bereit, klein beizugeben, wenn auch schwersten Herzens. Aber ich, ich schüttle den Kopf, dass die Polyesterfäden fliegen. Ich mag nicht mehr. Will alles, bloß keine Andy-Frisur. Will so schnell wie möglich weg.

*

»Das war so peinlich!«, brülle ich meine Mutter an. Wir sitzen im Auto, es ist viel zu eng. »Halt dich aus meinem Leben raus, verdammt. Es ist auch so schon scheiße genug!«

*

Tiffi ist meine Retterin. Denn es stellt sich raus, dass sie Friseurin gelernt hat. Die eingedrehten Haare werden mit einem Gerät bedampft, mit dem andere Leute Fenster putzen. Egal, es ist ganz wunderbar, eine Stunde allein mit Tiffi zu haben. Mein Bruder hat einen guten Geschmack.

Er klopft und reicht eine Schale Kirschen ins Bad. Außerdem sein singendes Handy.

»Dachte, ihr könntet Musik gebrauchen.«

Es ist ein Song, den Tiffi kennt. Ein Song, der ins Ohr geht und da auch bleibt, vor allem eine Zeile. *Nothing compares to you.*

Als ich auf Repeat stelle, sehe ich auf dem Display die Sängerin. Ihre Haare sind so kurz, kaum zu erkennen, es ist fast eine Glatze. Dazu Wahnsinnsaugen und ein Wahnsinnsmund. Vom Anblick kann ich mich kaum lösen.

»Sexy Sinead«, seufzt Tiffi. »Wenn ich sie höre, will ich sofort eine Band gründen. Dabei bin ich hoffnungslos unmusikalisch. Mann, ich glaube, ich bin verliebt in Sinead. Ich meine, wer ist das nicht?!«

Ich starre weiter auf das Bild.

»Findest du das weiblich?«, frage ich.

»Weiblich?«, fragt Tiffi zurück. »Ich finde das sinnlich. Verdammt sinnlich sogar. Und überhaupt, was ist schon weiblich?«, fragt Tiffi dann, plötzlich aufgeregt. »Lange Haare, große Brüste? Harmoniebedürftigkeit? Ein unterbezahlter Job im sozialen Bereich?« Tiffi atmet aus. »Dann ist der weiblichste Mensch, den ich kenne, definitiv Franz Klinger. Mein ehemaliger Mitbewohner.«

»Hmm«, mache ich. Und hoffe, es klingt nicht zu harmoniebedürftig.

»Sorry, Katha«, sagt Tiffi. »Aber bei dem Thema dreh ich ab.« Eine Minute vergeht.

»Franz Klinger hat große Brüste?«, frage ich.

»Hormonbehandlung«, sagt Tiffi nur.

Die Welle, die Tiffi dem Polyester abluchst, könnte nicht besser sein. In meinem Bauch Champagnerbläschen, so fühlt sich Vorfreude an.

*

Alles fügt sich und mir wird klar: Eine Verkleidungsparty, das ist doch wie für mich gemacht! Da darf, nein *muss* man künstlich sein. Wen stören zu dunkle Brauen! Die dramatischsten Wimpern werden angeklebt und von heute an vielleicht jeden Tag. Ich behaupte einfach, ich hab aus Versehen Pattex genommen. Im Ernst: Kann doch sein, mein gepimpter Augenaufschlag gefällt mir so gut, dass ich den von nun an täglich will?! Ist doch auch nichts anderes als Nägel aus Acryl.

*

Das Beste an einer Party ist meist das Davor. Das heißt, wenn man nicht gerade Gastgeber ist und Kisten schleppt und

Kuchen backt, Polster bedeckt und Nachbarn warnt. Sondern wenn man sich entspannt mit Thea und Charlie trifft, zum *Aufbrezeln,* wie meine Mutter sagt. Wir nennen es Vorglühen.

Tatsächlich ist es beides.

Dass ich vom Hals aufwärts schon fertig gestylt bin, wundert meine Freundinnen nur kurz.

»So hab ich mehr Zeit für die da«, sag ich und zieh aus der Tasche einen Trupp Jägermeister. Die habe ich eben beim Späti geholt. Wir wissen es nicht, wir vermuten es bloß: Drei Damen vom Grill, die trinken genau das. Ich exe den ersten und beobachte Thea und Charlie, wie sie mit Föhn und Wicklern hantieren, dem Verzweifeln ziemlich nahe sind.

»So schwer ist das doch nicht«, rufe ich. »Hab's ja auch hingekriegt.« Wenn das kein Übermut ist, was dann!

Charlie hat schaurige Blusen dabei. Lila-gelb kariert und braunorange geblümt, die dritte rot geherzt. Kittelschürzen von Oma gibt's auch und dazu noch zwei, drei, fünf Schnäpschen. Ich muss mich schütteln, so soll es sein. *Bad taste all around.*

Zwischendrin einer dieser Momente, der ist fast wie früher. Noch eine Stunde, dann müssen wir los. Wir sind so hübsch, wie das Motto es zulässt; mehr können wir nicht tun. Auch unser Partybeitrag, eine Zitronencreme, ist angerührt und kühl gestellt. Für eine Verschnaufpause legen wir uns in die Kissen auf Theas Lavendelbett. Vorsichtig, weil heute bei allen Frisuren etwas verrutschen kann. Das nenne ich gerecht.

»Jetzt könnte die Welt untergehen«, seufzt Thea, und ich weiß genau, was sie meint. Supernova, der schlechteste Zeitpunkt wäre es nicht. Zusammen mit Thea und Charlie wie drei Sterne explodieren, auf fabelhafte Weise angetrunken. Vielleicht sollte ich es ihnen sagen, in genau diesem Augenblick. Wir sind so eingeschworen. Ich beschließe: Wenn jetzt für zehn Sekunden Stille ist, spreche ich als Nächste und gebe alles preis.

»Mädels, wir sehen gigantisch aus!«, ruft Charlie. Es sind nicht mal zwei Sekunden um.

Ein letztes Fläschchen, dann ziehen wir die Strümpfe hoch und schlüpfen in die Sandalen. Meine Chucks haben Ausgehverbot.

*

Die Luft des späten Abends schmeckt fantastisch. Wir laufen durch den Kiez, der heute ganz allein uns gehört. So fühlt es sich zumindest an, bis Theas musikalisch begabtes Handy klingelt: *Für Elise* passt nicht zur Stimmung. Weil Thea nicht an Multitasking glaubt, geht sie über die Hauptstraße und bleibt erst dann unter einer Laterne stehen. Direkt vor Aynurs stuckverziertem Haus. In einer wunderbar widerlichen Krokotasche kramt sie nach ihrem Handy und findet es zu spät.

»Lass mich raten«, sagt Charlie. »Der Unglaubliche Nikolas? Hat er schon Sehnsucht?«

»Nee«, sagt Thea. »Der kommt direkt zu Aynur … Lindy hat angerufen.«

»Lindy?«

Keine unserer engsten Freundinnen. Aber auf dem Display leuchtet ihr Name.

»Was will die denn?«

»Werden wir gleich wissen«, verkündet Charlie. Denn nun trötet es bei ihr. Sie hebt ab, lauscht und guckt verdutzt.

»Was soll die Frage? … Natürlich kommt sie! … Hier, bei Thea und mir. Wir sind quasi schon da! … Ich versteh dich nicht, was?! Egal, wir kommen jetzt rein!«

Aufgelegt. Für unsere fragenden Blicke hat Charlie nur ein Schulterzucken.

»Keine Ahnung. Hab's nicht verstanden. War viel zu laut.«

Thea denkt nach, ein scheuer Blick zu mir.

»Möglicherweise«, beginnt sie, »möglicherweise ist Jasper da. Vielleicht meint Lindy, es wäre besser, wenn du ihn nicht siehst? Wobei … woher soll sie wissen, dass du auf ihn stehst?«

Jasper. An den habe ich natürlich auch schon gedacht. Dass es eine Möglichkeit wäre, ihm hier zu begegnen. Und was das mit mir machen würde, mit Herzbluse außen und Kräutergebräu innen und natürlich auch so was wie Lust? Eigentlich ist der Fall klar. Ich müsste rechtzeitig flüchten, aschenputtelschnell.

»Finden wir's raus«, rufe ich. Hake mich links und rechts ein und zieh die beiden mit.

Keine Minute später der Gedanke: Hätten wir Lindy mal zugehört.

Acht

Früher, beim Abendessen, haben wir oft *Wer bin ich?* gespielt. Papa, Mama, Henri und ich. Wir klebten uns gegenseitig gelbe Zettel auf die Stirn, auf denen stand *Queen, Donald Duck, Oma* oder *Das tapfere Schneiderlein*. Nur Politiker waren nicht erlaubt. Mit Ja/Nein-Fragen tasteten wir uns ran, um sie aufzudecken, unsere geheime Identität. Ich war immer fix. Ein einziges Mal nicht. Als auf meinem Zettel *Katha* stand.

Genauso wie damals kapiere ich auch jetzt zuletzt.

Mit dem Kostüm hat sich jeder Mühe gegeben, das sieht man sofort. Es ist Elias, der alle übertrumpft. Elias, mein Krabbeldeckenfreund. Elias, unser Klassenclown. Er trägt rote Chucks. Er trägt eine Jeans mit Loch am Knie. Er trägt ein weißes Langarmshirt, auf Körbchengröße B gestopft. Er trägt über der Schulter meinen vermissten Beutel, den mit dem Fuchs. Vor allem aber trägt er: Glatze. (Beziehungsweise Gummikappe.)

Alle, wirklich alle gucken mich an. Ich blinzle. Sehe von einem zum anderen. Blinzle noch mehr. Da fällt es mir wie Schuppen von den Augen: Alle, alle wissen, was Sache ist. Wussten es längst. Seit Wochen vielleicht. Wie konnte ich so dumm sein zu glauben –!

»Scheiße«, flüstert Thea, will nach mir greifen. Da bin ich schon aus der Tür, laufe fast in Jaspers Arme, der gerade erst kommt. Ducke mich und schon bin ich weg.

Neun

Jemand läuft mir hinterher. Aber ich will niemanden sehen, vor allem nie nicht mehr gesehen werden. Vorbei an aufgehübschten Wohnklötzen, am Späti, am Boltzplatz, da ist auch die Vierspurige mit dem Parkplatz in der Mitte, da hinten die Ampel und der Fußgängerüberweg. Ich renne weiter, ohne Ampelgrün und ohne Linksrechtslinks, ja ohne überhaupt irgendwas zu sehen. Blind vor Tränen, es spielt keine Rolle. Sollen sie doch kommen, sollen sie mich doch alle überrollen, wie ein beschissenes Vieh in der Mauser.

Reifenquietschen, Hupen, ein Schrei.

*

Mein Herz pocht wie wild, aber: Es pocht.

Das war haarscharf, denke ich. *Haar*scharf. Wie eine Verrückte lache ich los. Was man für Töne von sich geben kann! Atemlos sinke ich hinter einen viel zu dürren Baum. Das ist Verstecken für Verletzte, die gefunden werden wollen. Von jemandem, der die Arme ausstreckt. Der zupackt, mich festhält. Bevor ich weiterlaufen kann.

»Verdammte Scheiße, Katha!«

Charlies Griff ist so fest, dass es wehtut. Also genau richtig. Mit einem Mal verstehe ich, worauf ich es habe ankommen lassen. Kalt wird mir, ich höre ein Klappern. Das sind meine Zähne, die da Tarantella tanzen. Wie ein aufziehbares Plastikgebiss.

*

Keine Ahnung, wie lange wir umschlungen hinter dem Baum verbringen. Halb liegend, halb sitzend. Irgendwann taucht Thea auf, Nikolas im Schlepptau, er trägt meinen Beutel. Abstand halten sie, als hätten sie das Verhalten in Gegenwart verschreckter Tiere studiert.

»Katha, es tut mir leid.«

Theas Stimme klingt belegt.

Heult sie?

Aber warum heult Thea denn?

Weil sie ein schlechtes Gewissen hat. Weil sie die Wahrheit schon seit Langem weiß. Weil sie zu feige war, mich darauf anzusprechen, obwohl es doch ihr »Job« gewesen wäre, oder etwa nicht? War es richtig gewesen, darauf zu warten, dass ich »die Sache« von mir aus anspreche? Weil, manchmal, da hat sie schon versucht, das Thema in die Richtung zu lenken oder davon wegzulenken, je nachdem, was ihr angemessen schien. Angemessen. Ja, was ist das schon?

»Mir ging es so schlecht damit«, klagt Thea. »Die ganze Zeit!« Der Unglaubliche nimmt sie in den Arm.

»Mensch, Thea, jetzt reiß dich zusammen!«, poltert Charlie los. »Hier geht's nicht um dich. Sondern um Katha. Sie ist die arme Sau!«

So kann man es auch ausdrücken.

*

Wir sitzen im Park, die drei Damen von der Alkibank. Charlie hat Nikolas wieder zurückgeschickt, so nett er auch ist. Das hier geht ihn nichts an. Er hat es verstanden, wie er alles versteht. (Vielleicht ist er wirklich unglaublich.) Der Mond lugt hinter einer Eiche hervor, es stinkt nach Bier und Kippen. Nicht weit von uns heult ein Hund, der hungrig klingt. Und ich rede mir die Seele aus dem Leib. Erzähle ohne Punkt und Komma, als ginge es wie bei Scheherazade um mein Leben. Und das tut es vielleicht sogar. Ich berichte von den ersten Stellen, die rund waren und münzklein. Von dem Ärztemarathon, meiner Prognose und der Verurteilung auf Lebenszeit. Revision ausgeschlossen. Alles, wirklich alles erzähle ich meinen Freundinnen und komme immer wieder auf eines zurück: meine riesige Angst, aufzufliegen.

»Das hat sich ja nun erledigt«, sagt Charlie.

Ohne den Kopf zu heben, sehe ich Theas strafenden Blick. Aber wo Charlie recht hat, hat sie recht. Mir kommt ein Gedanke: Kann es sein, dass die Furcht vor etwas schlimmer ist als der Moment, in dem das Gefürchtete tatsächlich eintritt? Ich weiß es nicht. Aber ich ahne, auch wenn ich es noch nicht fühlen kann: Heute Nacht fällt etwas von mir ab.

Während ich rede, kratze ich wie wahnsinnig an meinen Nägeln. Der Lack muss runter. Sogar daran hat der Verräter gedacht, an mein leuchtendes Lilalaunebunt. Dass Elias die paar Tropfen Lebenslust benutzt für seinen üblen Witz, macht mir die Farbe kaputt.

Mein Mund ist so trocken, meine Zunge fühlt sich an wie ein Teppich. Thea steht auf, um bei Aynur eine Flasche Wasser zu holen. Auch unsere Creme bringt sie mit, die ganze Schüssel. Kein anderer darf sich die schmecken lassen.

»Wenn dir das Leben Zitronen gibt, mach ein Dessert daraus«, ruft Charlie. »Mit literweise Sahne.«

»Ich dachte, es heißt: Frag nach Tequila und Salz.«

»Zitronencreme finde ich besser.«

»Ich auch.«

»Na dann, Mädels, haut rein.«

Die Creme schmeckt gut, nichts bleibt davon übrig, sogar den Boden kratzen wir aus. Dann mach ich mich lang, lege den Kopf in Charlies Schoß.

»Deine Wimpern sind lose«, sagt sie.

»Kein Wunder, bei den Tränen.«

Wie ein Pflaster ziehe ich mir das mit Fliegenbeinchen besetzte Ding vom Auge.

»Wow«, macht Charlie. »Das reicht für einen riesigen Wunsch.«

Was ein Glück, denn mit einem kleinen kann ich nicht dienen. Ungefragt nimmt Thea den Wimpernkranz, legt ihn auf ihren Zeigefinger, hält ihn vor meinen Mund.

»Pusten.«

Das ist ein Befehl.

Ich spitze die Lippen. Einen Wunsch darf man nicht verraten, denke ich, sonst erfüllt er sich nicht. Was ist aber, wenn ihn alle schon kennen? Ich puste, so kräftig ich kann.

Charlie grinst. »Du hast dir ein Pferd gewünscht, stimmt's?«

*

Ich mochte es schon immer, in unserer Wohnung die einzig Wache zu sein. Wenn alles meines ist, das Sofa, der Fernseher, der leuchtende Kühlschrank mit dem angebissenen Goudastück. Ich genieße es auch in dieser Nacht, die alles ändert, weil mein Geheimnis von jetzt an keines mehr ist. Falsch: weil ich von jetzt an weiß, dass es nie eines war. Wann haben sie es gemerkt? Und wie? Seit wann beobachten sie mich schon? Warum hat keiner was gesagt?

Ich schäme mich so! Für meinen Haarausfall, klar. Aber noch mehr für meinen jämmerlichen Versuch, ihn zu verbergen. Lächerlich. Bin der Zauberer mit den billigsten Tricks. Ein Kind, das man extra gewinnen lässt. Eine mit Demenz, der niemand sagt: »Verdammt noch mal, kapier es doch! Alle deine Lieben sind längst tot.«

(Eigentlich sollte ich Elias dankbar sein. Dank ihm weiß ich, woran ich bin.)

Mein Bett lockt mich nicht. Ich brate Rührei mit viel Salz, koche Tee und setze mich an den Rechner. Höchste Zeit, dass ich rausfinde, wer die anderen sind, die so leben wie ich und das möglicherweise nicht mal schlecht. Es gibt zu viele lebensgefährliche Straßen in der Stadt. Und ich darf unter keinen

Umständen allein sein mit ihnen. Auch nicht mit den Brücken, den S-Bahn-Gleisen, den ganzen hohen Häusern. So was wie vorhin darf nicht noch mal passieren.

Im Netz finde ich sie nach ein paar Klicks, die nackte Wahrheit. Oder was ist das sonst? In einem Forum erzählen Menschen, *Betroffene*, ihre Geschichte, einer postet Fotos von seinen eigenen kreisrunden Stellen. Bittet um Einschätzung. Warum geht der nicht zum Arzt? Weil er dort längst war, und nicht nur bei einem, sondern vielen. Weil er etwas anderes sucht, genauso wie ich, wie wir alle. Geschichten von Wunderheilungen, Geheimtipps, klar, aber auch und vor allem die Bestätigung, nicht allein zu sein.

Hilft Knoblauch?, steht da, und *Kunsthaar oder Echthaar?*. Außerdem *Hilfe! Es geht von vorne los!* und *Was tut ihr, wenn Leute glotzen?!*.

Ich registriere mich, weil ich auch etwas wissen will. Doch kaum ist meine Frage getippt, komme ich mir blöd vor. Interessiert mich wirklich nichts anderes? Denke ich etwa, ich bin alleine nichts wert? Oder sehne ich mich nach einem Vertrauten, einem Verbündeten in der Not? Einem lebenden Beweis, dass ich (immer noch) liebens-, vielleicht gar begehrenswert bin? Man sollte meinen, ich habe genug andere Probleme. Aber egal. Es kennt mich hier keiner, ich bin anonym. Also drücke ich »Senden«. Auf der Seite erscheint meine peinliche, drängende und streng geheime Frage:

Freund trotz Alopezie?

Zehn

»Und?«, fragt meine Mutter. Auf ihrem Gesicht ein Strahlen, das mich blendet. Beinahe schirme ich die Augen ab.

»Was und?«, frage ich und nehme die letzte Scheibe Toast.

»Wie war das Fest bei deiner türkischen Freundin?«

»Falls du die Party bei Aynur meinst, meiner kurdischen Klassenkameradin: so wie immer.«

Henri stöhnt, mein Vater raschelt mit der Zeitung.

»Das heißt?«, fragt meine Mutter.

»Das heißt: haufenweise besoffene Jugendliche, die sich gegenseitig an die Wäsche wollten.«

»Klingt spaßig«, sagt meine Mutter und lächelt immer noch. Eines muss man ihr lassen: Die Frau ist hart im Nehmen.

Jetzt bringt sie mir auch noch Marmelade. Kirsch. Ich denke an Jasper, in mir tut etwas weh.

»Wie kam eure Verkleidung an?«

»Nicht so gut wie die von Elias«, murmle ich und stehe ruckartig auf.

»Elias, der hatte schon im Kindergarten tolle Ideen«, sinniert meine Mutter laut. »Das ist was Besonderes, dass ihr euch schon so lange kennt. Lad ihn doch mal wieder ein.«

Ich stapfe mit dem Toast zur Tür, lasse sie knallen.

*

Henri kommt in mein Zimmer, nur um mir zu sagen, wie bescheuert ich bin.

»Du könntest echt netter sein! Mama nimmt sich ständig frei wegen dir. Und sie hat einen Haufen Geld ausgegeben, damit du einen schönen Abend hast!«

»Ich hatte aber keinen schönen Abend«, brülle ich. »Außerdem will ich keinen schönen Abend, verdammt! Ich will ein schönes Leben!«

»Dann mach dir doch eins«, sagt Henri. »Ob du es glaubst oder nicht, Katha: Es liegt an dir.« Er zieht die Tür schnell zu; vielleicht will er mich nicht heulen sehen.

*

Ich verbringe den kompletten Samstag damit, stündlich ins Forum zu klicken. Surfe zwischendurch ziellos durchs Netz, irgendwann lande ich auf einer Origami-Seite. Darauf: Die schrittweise Anleitung für einen Schwan aus Papier. Weil ich nichts Besseres zu tun habe, versuche ich mich daran. Reiße ein Blatt aus meinem Block und knicke und falte. Wer ein schönes Leben will, muss was Schönes machen, denke ich. Und schön ist dieser Schwan, gar keine Frage. Schön und stolz. Zumindest der auf dem Foto. Mein Exemplar hingegen sieht einfach nur krank aus. So wie ich. Basteln. Was für eine bescheuerte Idee. Ich drücke das Papier zu einem festen Ball, schnipse ihn vom Tisch und klicke wieder ins Forum.

Gegen Abend die erste Antwort. Eine »Rose« hat mir geschrieben, sie wohnt auch in Berlin, wenn das kein Zeichen ist. Fünf Sterne unter ihrem Namen verraten: Rose schreibt hier viel. Statt der voreingestellten Schattenfigur ist ein echtes Profilbild zu sehen, das bedeutet, sie versteckt sich nicht. Rose hat Löwenmut. Ihre Perücke hat die Farbe von Ebenholz, eine blutrote Schleife steckt wie eine Krone darin. Ihre Augen leuchten blau und vergnügt.

Freund trotz Alopezie?, wiederholt Rose meine Frage. *Sicher doch! Auch »mit ohne« Haare lässt sich fantastisch knutschen, zusammenziehen und bei IKEA über die Einrichtung streiten. Später kann man Ringe tauschen, fürs Flittern ans Mittelmeer fliegen, am Strand ein perfektes Baby zeugen und nach zwei Jahren ein zweites. (Zumindest habe ich das so gemacht.)*

*

Ich schreibe Rose eine Mail, weil sie sagt, dass ich das darf, wenn ich noch Fragen habe. Tausendundeine sind's bestimmt. Roses Antworten, Umschweife und Anekdoten gefallen mir, sehr. Eine Mail nach der anderen trudelt ein.

Der Spruch mit den inneren Werten hat mich schon immer genervt! Klar kommt es auf die an. Aber an den äußeren führt doch kein Weg vorbei. Da müssen Leute wie du und ich sich was einfallen lassen.

Das hat Rose getan. Sie erfindet sich immer wieder neu, mithilfe von nicht weniger als dreißig Perücken.

Die wechsle ich wie meine Socken!

Kaum zu glauben, dass sie früher ein Mauerblümchen war.

Jetzt bin ich die schrillste Orchidee im Garten. Zum Glück! Denn ohne meine blauen Zöpfe hätte mein Schatz mich damals in der Bahn mit Sicherheit übersehen.

Das war vor acht Jahren. Ob es ihrem Schatz gar nichts ausmacht, will ich wissen.

Dass ich keine Haare habe? Nein. Nie. Dass ich manchmal komisch angeguckt werde? Auch nicht. Aber wenn er mit Mitleid überschüttet wird, weil er eine ach-so-kranke Frau hat, die doch sicher der besonderen Pflege bedarf, das macht ihn rasend. (Was ich, nebenbei bemerkt, sehr sexy finde. Und was ich, genauso nebenbei bemerkt, nie zugeben würde.)

*

Dann lädt Rose mich ein, gleich für den nächsten Tag. Zu Kaffee, Himbeertorte und Haarersatz. *Ich bin kein auf Glatzen spezialisierter Killer*, schreibt sie. *Aber wenn es dir lieber ist, nimm einfach deinen Rottweiler und eine Freundin mit. Ich freu mich auf euch.*

*

Mit einem Hund kann ich nicht dienen, jedoch mit zwei besten Freundinnen. Außer Thea, Charlie und mir sitzt an diesem Sonntag niemand im Bus, der träge Richtung Spandau rollt.

Auf meinem Kopf klebt die Verräterperücke, obwohl ich mir geschworen hatte: Die zieh ich nie mehr an. Leider mangelt es an Alternativen. Also bloß nicht an Montagmorgen denken. Denn eines steht wirklich absolut hundertprozentig fest: In die Schule gehe ich so nicht! Glatze ist auch keine Option; da kann ich gleich ganz ohne Klamotten auftauchen.

Charlie ist mindestens so aufgeregt wie ich. »Ob diese Rose auch eine Perücke mit Dreadlocks hat? Wollte schon immer mal wissen, ob mir das steht.«

*

Rose wohnt im Erdgeschoss, die Wohnung war mal ein Schuhgeschäft. Die Schaufenster gibt es immer noch, auch ein Stiefel hängt vor der Tür. Sie wird aufgezogen, bevor ich den Finger Richtung Klingel strecken kann. Die Frau im Flur hat blondes, kinnlanges Haar. Moment, falsche Wohnung, falsches Haus?

»Ich … wohnt hier –«

»Schon richtig!«, ruft die Blonde und zupft an einer Strähne. »Du hast Schneewittchen erwartet, oder?«

Da erkenne ich Rose, an den leuchtblauen Augen. Wie sie sich freut, mich überrascht zu haben!

»Heute war mir nach dem Elternsprechtag-Look. Immer hereinspaziert!«

Charlies Frage findet schnell eine Antwort. Klar hat Rose Dreadlocks! (Nebenbei bemerkt: Charlie sah schon besser aus.) Sie hat auch Pippi-Langstrumpf-Zöpfe, blondes Marilyn- und ketchuprotes Lolahaar. Außerdem noch Echthaarteile, sicher über tausend Euro wert. Anprobieren darf die nur ich. Ich tue es im gelb getupften Bad, hinter angelehnter Tür. Niemand soll ihn sehen, meinen blanken Kopf.

»Am Anfang sind mir die Haare nur hier vorne ausgegangen«, erzählt Rose den anderen im Zimmer nebenan. Ob sich manchmal Nachbarn über ihre laute Stimme beschweren? Sie ist bestimmt bis unters Dach zu hören. Sie plaudert über ihren Haarausfall wie andere über das Wetter. Dabei springen Nele und Lotti, ihre zwei Töchter, in der Wohnung herum. Keine Spur von Geheimniskrämerei.

»Um meine hohe Stirn hätte man mich im Mittelalter garantiert beneidet«, höre ich. Wie ratlos Thea und Charlie jetzt blicken, weiß ich genau. Ich tu es ja selbst.

»Na, die feinen Damen haben sich damals extra Stirn und Schläfen rasiert«, erklärt Rose. »Mädels, was lernt ihr denn im Geschichtsunterricht?«

Wie aus Versehen hüpft Nele ins Bad. Erschrocken bedecke ich meinen Kopf mit beiden Händen. Reflexartig; eigentlich völlig lächerlich.

»Mama, die sieht ja aus wie du!«

»Was hab ich dir übers Anklopfen erzählt?«

Rose zieht ihre Tochter raus in den Flur.

Wie auf dem Laufsteg fühle ich mich, als ich das Bad verlasse. Auf dem Kopf ein schweineteures Echthaarding. Schulterlang, leicht durchgestuft, schokoladenbraun mit hellen Spitzen.

Alle sind sich einig: Ich sehe super aus!

*

Rose ist ein Faktenfreak. Zumindest in puncto Haarersatz. Was sie alles weiß! »Historisch gesehen sind Perücken ein Kennzeichen der Elite«, erzählt sie am gedeckten Kaffeetisch. Kein Teller passt zum anderen, alles Flohmarktschätze.

»Je voluminöser, desto besser!« Denn mit so einem Wahnsinnsding auf dem Kopf konnte man nicht arbeiten und zeigte: Ich hab es auch nicht nötig. Frauen schleppten auf ihrem Kopf so hohe Konstruktionen, dass sie bei Kutschfahrten ihren Kopf aus dem Fenster streckten. Bis jemand eine Mechanik erfand, die das Haar mit einer Feder beugen ließ.

Rose weiß noch was, das erzählt sie mit gesenkter Stimme.

»Aristoteles hat vermutet, dass die Ursache für Glatzköpfigkeit häufiger Geschlechtsverkehr ist.« Charlie ist begeistert.

»Katha!«, ruft sie und klatscht in die Hände. »Ich habe es mir schon immer gedacht, du Luder!«

Das ist der Moment, da kann ich nicht mehr. Ich fange an zu schluchzen. Verwandle die Himbeertorte in einen Tränchenkuchen.

»Tut mir leid«, flüstert Charlie. Ganz erschrocken sieht sie aus. Ich schüttle den Kopf, sie trägt keine Schuld. Nur war ich eben nie ein graues Mäuschen. Und ich will jetzt kein bunter Hund wie Rose sein.

Ich wünsche mir einen Durchschnittslook, ein stinklangweiliges Normaloleben. Will mir nur Sorgen machen über die drei Mitesser auf der Nase oder den fetten Pickel auf der Stirn. Denn die hab ich ja auch. Die kommen ja noch dazu! Ich bin keine Wunderschönheit wie sexy Sinead.

»Ich weiß, meine Liebe«, sagt Rose, dabei habe ich gar nichts gesagt. Sie drückt meine Hand. »Ich weiß.«

*

»Mädels, bevor ihr geht, zeig ich euch was!«, ruft Rose. »Das hat noch keiner gesehen.« Sie führt uns in ihr Arbeitszimmer. In der Mitte thront eine Nähmaschine, an den Wänden stapelt sich ein Dutzend Boxen, aus denen bunte Stoffe quellen.

Rose zieht ein Laken von etwas, das unförmig in der Ecke steht.

»Tadaa!«

Wir können nichts als staunen. Vor uns die schrägste Perücke der Welt. Regenbogenbunt, geschichtet wie eine Hochzeitstorte, versehen mit Schleifen, Rüschen, Glitzerstaub. Oben sitzen zwei Vögelchen, woanders lugt ein Einhorn hervor. Ein Dackel, ein UFO, ein Tannenbaum. Der verrückte Hutmacher würde seinen Tee verschütten vor Neid. Und Alice fielen mit Sicherheit die Augen aus dem Kopf.

»Wow, macht Charlie irgendwann. »Hast du die selbst gebaut?«

»Bin noch dabei«, sagt Rose. »Es fehlt noch der Strass.« Sie ist sichtlich stolz. »Eigentlich wollte ich mir eine *belle poule* basteln.«

»Eine schöne Henne?«, fragt Thea. Französisch ist neben Mathe, Physik, Englisch und Deutsch mit Abstand ihr stärkstes Fach.

Rose nickt.

»So heißt das Schiff, das sich Marie Antoinette als Modell in ihr Haar einarbeiten ließ. Aber bei mir ist das Ding immer umgekippt.« Rose lacht lauthals. »Auf Titanic hatte ich keine Lust.«

Thea nähert sich der Wunderperücke. Vorsichtig, als könne sie beißen.

»Woraus besteht die?«

»Filzwolle und Tüll«, erklärt Rose. »Damit will ich am Ladies Day zum Hoppegarten.«

»Zur Pferderennbahn?«

Rose nickt.

»Da wird die schickste Kopfbedeckung prämiert.«

»Der erste Platz ist dir sicher«, meine ich.

»Letztes Jahr konnte man einen Gutschein für einen Promifriseur gewinnen«, sagt Rose. »Was würde der gucken, wenn ich sage: einmal waschen und polieren, bitte!«

Nele stürmt rein mit Gebrüll. Sie will auch Verkleiden spielen! Prinzessin sein. Nein, Königin … oder lieber noch: Pirat!

Wie praktisch, dass auf ihrem Näschen eine Brille sitzt. Pflaster aufs Glas und schon hat man eine Augenklappe. Ein um den Kopf gewickeltes dunkelblaues Tuch wird die Kopfbedeckung. Das steht der Kleinen richtig gut. Sieht frech aus, selbstbewusst und schön. Plötzlich ein Gedanke: Vielleicht geht es genau so! Vielleicht steckt auch in mir eine Seeräuberin mit Tuch. Eine Piratin, die sich den Weltmeeren, den Gezeiten und nicht zuletzt ihren Mitschülern stellt.

Manche Dinge kann man sich nicht aussuchen, denke ich. Vielleicht kommt es nur darauf an, was man daraus macht.

Eine Binsenweisheit, das weiß ich selbst. Aber besser die als nichts, alles andere kann ja noch kommen.

Elf

Nachdem ich meinen Eltern erzählt habe, wie es bei Aynur wirklich war, sind sie zu einem Deal bereit. Einen Tag Schonfrist gewähren sie mir, damit ich mich »berappele« – und übermorgen steht wieder Schule an.

Dafür erlaube ich ihnen, den Direx einzuweihen. Meine Fehlstunden, mein Leistungsabfall, alles bekommt eine Erklärung und jede Menge Verständnis.

Mir ist es fast egal. Ich bin wie der König mit den Eselsohren. Jetzt, wo mein Geheimnis einmal hinausposaunt wurde in die Welt, habe ich nichts mehr zu verstecken. Einerseits. Andererseits braucht es bestimmt Riesenkräfte, die Blicke zu ertragen, das Gerede hinter meinem Rücken. Und ich weiß nicht, ob ich die Kraft übrig habe. Ich habe keinen Schutzschild im Gepäck. Außerdem wird es ja nie ein Ende nehmen. Selbst wenn die Leute in der Schule sich irgendwann an mich gewöhnen: Ich begegne neuen Menschen. Jeden Tag. Für die bin ich, werde ich, immer ein guter Grund sein, sich den Hals zu verrenken. (Ich würde wahrscheinlich selbst gucken!)

Was sie in der Schule reden, von der Aula über die Cafeteria bis hoch in den zweiten Stock, das weiß ich genau.

Ich hoffe nur, das ist nicht ansteckend. In Bio sitzt die neben mir!

Das arme Mädchen! Gibt es da denn kein Mittel, das hilft?!

Wenigstens in meiner Vorstellung bin ich schlagfertig.

Ansteckend? Aber sicher ist es das! Stichwort: Tröpfcheninfektion. Also mach dich locker, werte Sitznachbarin, denn auch die ganz da hinten in der letzten Reihe sind nicht sicher vor mir. Küsschen gefällig?

Ein Mittel, das hilft? Klar gibt es das! Aber ich geb mein Geld eben lieber für Perücken aus, die jeder sofort als solche erkennt.

Die richtigen Antworten sehen anders aus: Es ist nicht ansteckend. Und leider gibt es nur Symptomtherapien. Das bedeutet, an die Ursache kommt man nicht ran. Beendet man die Therapie, fallen möglicherweise auch die Haare wieder aus. (Wenn sie überhaupt gewachsen sind. Was bei mir bisher nicht zutrifft, wie man sieht. Nach drei Monaten hätten sich erste Erfolge zeigen sollen, wozu auch ein Nichtfortschreiten zählt – von dem ich nur träumen kann.)

Und von meinen Mitschülern einmal abgesehen: Was denkt eigentlich Jasper? Wusste auch er längst Bescheid? Falls ja, mochte er mich dennoch? (Ist so was möglich?) Oder ist er einfach nur erleichtert, rechtzeitig die Wahrheit erfahren zu haben? Es ist ja noch nichts passiert zwischen uns.

*

Rose bedankt sich in einer Mail für unseren Besuch und schreibt, ihr sei noch was eingefallen: *Es geht bei der Sache nicht nur um Schönheit. Haare stehen für Lebenskraft! Stell dir vor, in manchen Kulturen gelten sie sogar als Sitz der Seele.* Als ich das lese, lächle ich. Deshalb also schlägt sich das Haar auf meinem Zeh so wacker. Es ist der Rückzugsort meiner Seele!

Auch zu meinen Rachegedanken bezüglich Elias weiß Rose was: ein Rezept aus dem alten Ägypten, das Haarausfall garantiert. *Man nehme einen Wurm und koche ihn in Öl und lege ihn dem Verhassten auf den Kopf.*

Das Problem ist nur: Als Vegetarierin koche ich prinzipiell kein Getier.

*

Montagabend, nach dem Essen, winkt Tiffi mich in Henris Zimmer. Sie haben ein Geschenk für mich. Weil es morgen so weit ist: Mein erster Tag an meiner alten Schule. Seit Elias. Seitdem ich weiß, dass alle wissen …

In grasgrünem Papier steckt ein pflaumenblaues Shirt mit rundem Ausschnitt, wie ich es mag. Ich glaube, Tiffi hat das gleiche. Nur ist ihres nicht bedruckt.

What the fuck is Alopecia?, steht vorne drauf und hinten:

Fragen Sie Ihren Arzt oder Apotheker. Oder mich.

»Wow.« Ich muss mich räuspern. Soll das ein Scherz sein?! Anscheinend nicht. Oscarstolz sind die beiden, grinsen sich begeistert an.

»Das Shirt ist ein Paukenschlag«, erklärt Henri. »Dein Auftritt in der Schule muss so laut sein, dass alle verfickten Eliase dieser Welt verstummen.«

Es stimmt schon. Das Pflaumenblaue schreit: Mir kann keiner was! Wer kann schon wissen, dass ich mich innerlich fühle wie das übrig gebliebene Schälchen Wackelpudding.

Ich nicke, wenn auch zögerlich.

»Jetzt probier's schon an!«, ruft Tiffi. Ich tu ihr den Gefallen.

Das Shirt sitzt wie angegossen. Auch die Farbe ist perfekt, sieht sicher gut aus zu dem blauen Tuch, das ich morgen tragen will. Sieben Mal habe ich es gebunden, probeweise. Es ist eine Technik, die keine Knoten braucht, das Tuch hält mit einem Zopfband. (Ein Glück, dass ich meine Bänder noch nicht weggeworfen habe.)

»Danke«, murmle ich, und Tiffi nimmt mich in den Arm. Nicht mitleidsvoll. Sondern wie Sportler vor einem großen Spiel. Eine Umarmung, die nicht schwach macht, sondern stärkt. So was kann Tiffi gut.

*

Am nächsten Morgen holen mich meine zwei Liebsten, Charlie und Thea, ab. Eine rechts, eine links, werde ich zur Schule eskortiert. Moralischer Beistand. Oder wollen sie sichergehen, dass ich es mir unterwegs nicht anders überlege? Einen Abstecher mache, zum See? Zur Vierspurigen?

»Nettes Shirt«, sagt Charlie. »Von Henri?«

Ich nicke. Von wem sonst.

Thea wackelt mit dem Kopf.

»Nicht gut?«, frage ich.

»Man hätte das Wort auch bloß andeuten können«, meint Thea.

Charlie grinst.

»Du meinst *Fuck*? Wie deutet man denn ein *Fuck* an? … Ah, Moment, ich weiß!« Sie schiebt die Hüfte rhythmisch vor und bewegt dazu die Arme.

»Durch *Sternchen*«, sagt Thea streng. »Ein F und dann drei Sternchen.«

»Sternchen? Wenn schon, dann Herzchen. Oder kleine Pimmel.«

Thea seufzt.

»Charlie, du hast echt ein Rad ab.«

»Klar hat sie das«, mische ich mich ein. »Aber besser Rad ab als Haar ab.«

*

Gerade noch einen flotten Spruch auf den Lippen und ein paar Meter weiter knicken meine Beine ein. Das Schultor ist in Sicht. Ich weiß, es sind auch die Buchstaben auf meinem Shirt, die mich Richtung Boden ziehen. (Sternchen wären keinen Hauch besser. Es liegt nicht an dem derben Wort.) Damit kann ich unmöglich durch die Gänge gehen. Leider habe ich nicht an Ersatz gedacht. Und nur so im BH – wenn es auch mein schönster ist, apricot, mit Spitze –, das muss nun auch nicht gerade sein.

Charlie hat eine Lösung parat.

»Zieh einfach die Bluse von Thea an.«

Thea runzelt die Stirn, verschränkt die Arme vor der Brust.

»Warum nicht dein Shirt?«

»Weil das nass ist. Unter den Armen.«

Es stimmt, Charlie hat ein Schwitzproblem. Egal zu welcher Jahreszeit, immer sind da dunkle Kreise. »Lauter sichtbar gewordene Pheromone. Hocherotische Sexuallockstoffe«, sagt Charlie, kommt ihr einer dumm. Zum ersten Mal frage ich mich, ob es sie auch insgeheim nicht stört. Ob sie tauschen würde – zum Beispiel mit jemandem wie mir? Ich würde sofort. Schon klar, eine Problemzone hat jeder. Nur hat sich meine deutlich ausgeweitet: Das Gesamtgebiet ist betroffen.

»Thea, jetzt hab dich nicht so«, ruft Charlie. »Rück deine Bluse raus.«

»Was zieh ich dann an?«, jammert Thea.

»Es gibt Situationen, da darf man nicht zögern!«, ruft Charlie. »Du ziehst das Fuck-Alope-Alopadingsbums-Shirt an. Meinetwegen auf links gedreht.«

Thea ist so schmächtig, ihre Bluse viel zu eng. Zwei Knöpfe müssen offen bleiben. Kaum habe ich mich reingequetscht, fängt Charlie an zu grinsen – und hört nicht mehr auf.

*

Eine Doppelstunde Mathe ist ein sanfter Einstieg. Herr Fritsche springt in seinem dreidimensionalen Koordinatensystem hin und her, arbeitet mit *Vektoren im Anschauungsraum.* Sein Unterricht ist so frontal und kontrolliert, dass kein Gequatsche möglich ist über meinen Kopf. Ich starre auf die Nacken vor mir. Beneide die Mädchen um die Härchen, die zu kurz und zu fein sind, um in einem Zopf zu halten. Im Licht der Vormittagssonne strahlen sie golden. Wie Flachs, denke ich.

Zugegeben, ich beneide sogar die Jungs um ihre schlecht ausrasierten Nacken.

*

Kunst ist eine andere Nummer. Da macht jeder, was er will. Man könnte meinen, wir hätten Sport, so wie sie ihre Hälse verrenken und ihre Köpfe verdrehen, nur um einen Blick zu erhaschen auf mich und mein Tuch. Wer unauffällig tut, fällt dabei besonders auf.

»Stell dich aufs Lehrerpult«, schlägt Charlie vor. »Fünf Minuten dürfen sie glotzen, bis ihnen die Augen aus dem Kopf fallen. Dann haben die genug.«

Kann sein, dass das stimmt und man sich irgendwann an mich gewöhnt. An meinen Anblick. Aber mir reicht es jetzt schon. Ich fühle mich so ausgelaugt. Die Blicke strengen mich an. Das So-tun-als-ob-alles-bestens-wäre. Mein aufgesetztes Dauerlächeln. Als ob ich Elias' Scherz selbst am lustigsten fand. Ich gehe dem Idioten aus dem Weg, außer Englisch haben wir keinen Kurs zusammen.

*

In der zweiten Pause hat Frau Heinrich Aufsicht. Sie winkt mir von Weitem zu, kommt mit Sportlerinnenschritten angelaufen und bittet um ein Gespräch. Ich wappne mich innerlich. Bestimmt will sie über mein häufiges Fehlen sprechen, über Motivation und die Bedeutung von Bewegung für das allgemeine Wohlbefinden. Doch dann beglückwünscht sie mich zu meinem Mut (Zu welchem Mut? Wie kann etwas mutig sein, wenn man keine Wahl hat?) und wünscht, ihre Schwester hätte den gleichen. Die lebt seit zehn Jahren mit Alopezie. Am anderen Ende des Schulhofs beginnt eine Rauferei, und Frau Heinrich sprintet los, mit einem Lächeln im Gesicht. Ihr Einsatz ist gefragt! Einigermaßen irritiert bleibe ich zurück. Vielleicht kennt jeder jemanden, der haarlos durch das Leben geht, überlege ich. Nur kann man das eben erst erfahren, wenn man sich zeigt.

*

Der Kleine ist höchstens in der Mittelstufe. Trägt Zahnspange und grüne Shorts, darunter vielleicht Windeln. Mich sollte nicht kümmern, was er sagt.

»Hey, guckt mal, ein Turban!«

Ich will nur an ihm vorbei zum Vertretungsplan, da springt er zur Seite, die Finger ängstlich zwischen den Zähnen.

»Ahhh! Taliban-Alarm!«

Die perfekte Show für seine Jungs. Sie lachen wie Hyänen. Völlig unterentwickelt, sage ich mir, halbe Kinder. Trotzdem brennen meine Augen und ich will nur noch weg.

*

»Katha Katharina.«

Die Wörter sind direkt hinter mir. Das kann doch nicht sein! Was macht er hier unten, bei den Mädchentoiletten, meinem Rückzugsort in der Pause?

Zwei Finger berühren meine Schulter, ganz sacht. Fast wird mir schwindelig. Wie kann eine so zarte Berührung so wirkungsvoll sein? Ich hole Luft, setze ein Lächeln auf und drehe mich um.

Jasper. Was habe ich seine Grübchen vermisst. Sein Lächeln.

Die Erinnerung an die Party kommt wie ein Blitz.

Jasper geht mir entgegen, die Augen aufgerissen. (Freudig, überrascht? Oder schon entsetzt von meinem wirren Blick?) Er streckt den Arm aus. (Nach mir? Um mich zu stoppen, um mich an sich zu ziehen?) Ich haste weiter, ducke mich an ihm vorbei. (Ohne mich auch nur umzusehen.) Er folgt mir nicht. (Warum sollte er auch?) Fakt ist: Jasper ist auf der Party geblieben. Und hat mit Sicherheit Elias gesehen. Wenn nicht, hat er davon gehört. Alle haben davon gehört. So viel steht fest. In meinen Ohren nichts als Rauschen.

Ich versuche, an ihm vorbeizusehen, zur wild bekritzelten Wand. Es ist ein Leichtes für Jasper, meinen Blick zu fangen. Er hält ihn fest, wie schon einmal. Neugierig sieht Jasper aus. Mit hochgezogenen Augenbrauen wartet er ab, die Hände in den Hosentaschen. Was soll das? Er hat mich doch aufgehalten! Ich habe nichts zu sagen, ihm nicht und niemandem sonst. Nach ein paar Sekunden Stille dämmert mir: So sehen Leute aus, die auf eine Antwort warten. Hat Jasper mich was gefragt? Er wäre der Erste heute. Die anderen halten Abstand, als wüssten sie nicht, was sie sagen sollen. Eine halbe Ewigkeit vergeht, dann gebe ich mir einen Ruck.

»Hast du mich was gefragt?«

Jetzt wirkt er amüsiert.

»Ja, Katha Katharina! Ja, das habe ich.«

(Oder macht er sich lustig?)

»Ich habe die indiskrete Frage gestellt, wie der Stand ist.«

Er verlagert das Gewicht auf seine Ballen, wippt nach vorne.

»Welcher Stand?«

»Na, wie es läuft, zwischen dir und dem Ex. Ist er befördert worden?«

Dieses fast unverschämte Grinsen! Aber das kann ich auch.

»Du willst wissen, ob mein Ex inzwischen mein fester Ex-Ex ist?«

»Ich will alles Mögliche wissen«, sagt er mit schief gelegtem Kopf. »Wie die Weltformel lautet. Ob es das Nutella oder die Nutella heißt. Ob ich die Deutschklausur verkackt habe. Ob wir jemals den Mars besiedeln werden … Und unter anderem eben das, genau …«

Jetzt hat er mich doch aus dem Konzept gebracht mit seinem ganz bestimmten Ton.

»Ja«, bringe ich heraus.

»Ja? Ja, unsere Enkelkinder werden auf dem Mars wohnen?«

Unsere Enkelkinder. *Unsere* unsere?

Schon wieder dieses Federn mit den Füßen. Man könnte fast denken, er ist nervös. Das macht mich beinahe ein bisschen selbstbewusst.

»Ich tippe eher auf die Venus«, sage ich und imitiere seinen Ton. »Da soll es netter sein.« Was soll das? Will ich etwa flirten?

Jasper lacht und kratzt sich am Kopf. »Hmmm … wahrscheinlich bin ich selbst schuld. Aber ich überlege gerade, wie ich eine Überleitung hinkriege zu meiner Ausgangsfrage … Hast du eine Idee?«

Ich zucke mit den Schultern.

»Ich war schon immer eine Befürworterin des prompten Themenwechsels.«

»In Ordnung.« Jasper nickt. »Alles klar. Also … würdest du mir verraten, ob du –«

»Ja«, unterbreche ich. »Wir sind wieder fest zusammen.«

Er guckt nicht mehr in meine Augen. Hält er das nicht aus, so wie alle anderen? Wo zum Teufel starrt er hin? Nicht auf das Tuch, nicht auf den Kopf. Ich folge seinem Blick – und lande zwischen meinen Brüsten. In Szene gesetzt, dank Theas knapper Bluse. Ich spitze meine Lippen, schau ihn so lange an, bis er merkt: Erwischt!

Da wird er sogar ein bisschen rot. Streicht sich durchs Haar, schnalzt mit der Zunge und hat sich schon wieder gefangen.

»Wie heißt er eigentlich, dein Ex-Ex?«

»Wie er heißt?«

»Oder ist das geheim?«

Ich verzieh den Mund, jetzt muss ein Name her.

»Henri«, platzt es aus mir heraus. Henri. Ausgerechnet. Wenigstens geht er nicht auf unsere Schule. Sonst hätte Jasper bestimmt von ihm gehört. Mein Bruder ist einer, den man kennt.

»Henri?« Jaspers Brauen heben sich. »Er heißt *Henri*?«

»So hat er sich zumindest vorgestellt.«

»Na, dann grüß Henri mal. Unbekannterweise. Siehst ihn ja bestimmt bald wieder.«

Ich nicke und denke: Wenn du nur wüsstest, wie bald. Spätestens beim Abendessen.

Kaum ist Jasper weg, stelle ich mich vor ein Waschbecken und drehe den Hahn ganz auf. Eiskaltes Wasser fließt über meine Handgelenke, als mein Handy vibriert.

Jasper.

Was ein Typ! Sein Name sieht so schön aus auf meinem Display, dass ich fast zu spät auf das grüne Zeichen tippe.

»Endlich«, sagt er.

»Lange nicht gehört«, sage ich.

»Ich hab was vergessen.«

»Dass Telefonieren auf dem Schulgelände verboten ist?«

»Das auch«, gibt Jasper zu. »Was ein Glück, dass ich schon auf der Straße stehe.«

»The King has left the building?«

»Chemie fällt bei uns aus.«

»Du Glücklicher«, sage ich.

»Noch glücklicher würde ich mich allerdings schätzen, wenn du mit mir essen gehst. Gingst. Oder heißt es: gängest? Gongst?«

»Eines kann ich dir sagen«, lache ich. »Die Deutschklausur hast du mit Sicherheit verkackt.«

»Ich fürchte auch.« Er seufzt ein süßes Seufzen. »Ich brauche wohl ein Trostpflaster. Also, Katha Katharina, was hältst du davon? Du und ich und eine Pizza Funghi?«

»Jasper –«

»Pizza Broccoli? Formaggio? Du bist garantiert der Formaggio-Typ.«

Die Aussprache hat er voll drauf.

Dass grünes Gemüse und Käse so sexy klingen können!

»Jasper, ich habe dir doch gesagt, dass mein Ex und ich –«

»Henri?«

»Ja«, sage ich trotzig. »Henri.«

»Katha Katharina, und ich hab's doch kapiert. Du und ich,

wir befinden uns in der *Friendzone.* Aber auch da haben die Menschen doch Hunger!«

Mein Lachen feuert ihn an.

»Von Grundbedürfnissen hat dein Henri bestimmt schon gehört! Ich wette, eine harmlose Pizza stört ihn nicht. Darf ihn gar nicht stören, wenn er wirklich ein so toller Typ ist, wie du sagst.«

»Ich habe gar nicht gesagt, dass er ein toller Typ ist.«

»Das muss er aber sein, wenn du mit ihm zusammen bist.«

In dem Moment wird mir klar, gleich hat er mich. Es fehlt nicht viel und ich bin dabei. Bei jeder Pizza der Welt, und wenn sie direkt aus dem Gefrierfach kommt oder, schlimmer noch, nach Koch-AG schmeckt! Da hebe ich den Blick, sehe meinen Turban und alles zerfällt. Was habe ich mir eingebildet! So sieht keine Piratin aus. Und erst recht keine Freundin von Jasper Bergemann.

»Hör zu«, sage ich, die Stimme ernst, fast fremd. »Mein Freund ist nicht das Problem.«

»Was dann? Bin ich das Problem? Moment … Habe ich etwa Mundgeruch? Auf der Zahnpasta stand *Schützt verlässlich*!!«

Fast muss ich wieder lachen. Wenn er nicht so schwer wäre, der nächste Satz.

»Ich habe keine Lust, angestarrt zu werden. Das ist das Problem. Und so, wie ich momentan aussehe, werde ich einfach angestarrt.« Jetzt sprudelt es nur so. »Glaub mir, es ist ein Riesending für mich, überhaupt in die Schule zu gehen. Danach will ich einfach nur nach Hause. In einem Restaurant noch mehr Leuten begegnen, die mich anglotzen?! Nein, danke. Das packe ich nicht.«

Stille, ein paar Sekunden lang. So viel habe ich noch keinem erzählt, stelle ich erschrocken fest. Warum erzähle ich es dann ausgerechnet ihm, einem Typen, den ich nicht mal wirklich kenne? Jetzt habe ich ihn vergrault, denke ich. Von einem emotionalen Wrack will niemand was wissen. Ist er überhaupt noch dran?

»Katha Katharina«, sagt Jasper, geradezu feierlich. »Ich möchte dir etwas vorschlagen. Wir gehen ins *Nonnas* lecker essen. Ich verspreche dir, du wirst nicht angestarrt. Falls doch, ich meine, falls du auch nur einen doofen Blick bekommst, werde ich dich nie mehr behelligen … Deal?«

Ich denke an Charlie. Daran, was sie tun würde. *Es gibt Situationen, da darf man nicht zögern.* Ich hole tief Luft.

»Deal.«

*

Himmelhoch jauchzen möchte ich.

Jasper mag mich. Trotz allem. Oder schon immer. Er mag mich. Mich! Mich! Mich!

Oder … kann das Mitleid sein?

»Quatsch«, sagt Thea.

Mit Kaffeebechern in den Händen sind wir unterwegs zu unserem Lieblingsplatz. Dass heute die pralle Sonne scheint, macht mir dank Tuch nichts aus. Mit Perücke wäre das anders gewesen, ein Wollmützengefühl. Aber heute, heute kann es regnen, stürmen oder schneien!

»Das ist kein Mitleid!«, findet auch Charlie. »So viel Mitleid kann man doch gar nicht haben!«

Thea guckt sie böse an.

»Passt schon«, sage ich.

Das tut es wirklich. Charlies Sprüche sind wie Schmirgelpapier, nehmen der Sache die scharfen Ecken und Kanten, machen sie sanfter, erträglicher.

Charlie sinkt in den Schatten, seufzend, als werfe ihn eine Palme und kein prall gefüllter Müllcontainer.

»Lasst uns über das Wichtigste sprechen«, sagt sie. »Was ziehst du an bei deinem *Date*?«

»Es ist kein Date«, widerspreche ich.

»Schon klar«, sagt Charlie. »Also, was ziehst du an?«

»Ein Tuch.«

»Sonst nichts? Komplett im Toga-Style?« Charlie spitzt die Lippen. »Das nenne ich gewagt.«

Ich werfe ihr eine Kusshand zu.

»Ohne anzüglich sein zu wollen …«, beginnt Thea und bricht ab.

»Um Himmels willen, jetzt schieß schon los!«, ruft Charlie. »Ein paar Anzüglichkeiten mehr würden dir guttun! Dem Unglaublichen Nikolas wahrscheinlich auch. Von uns ganz zu schweigen …«

Thea wendet sich an mich.

»Ich meine bloß, meine Bluse steht dir. Nicht dass es auf so was ankäme. Ich bin die Letzte, die findet, dass so was wichtig ist.«

»Komm zum Punkt«, fordert Charlie.

Thea sieht mich an.

»Vielleicht solltest du … könntest du ja so was Ähnliches tragen. Bei deinem Date.«

»Bei ihrem Nicht-Date, meinst du!« Charlie knufft mich in

die Seite. »Davon mal abgesehen ist das eine super Idee! Zeig deinen beiden Hübschen mal was von der Welt!«

»Pfff«, mache ich und gieße den Kaffee neben mir ins Gras. »Ihr zwei bleibt schön zu Hause.«

*

Gleich nach der Schule ab in die Passage. Eiskaffee schlürfen und Oberteile probieren, allesamt eine Nummer zu klein. Ich entscheide mich für ein schwarzes Shirt aus fließendem Stoff mit tiefem V-Ausschnitt.

»V wie Vamp«, sagt Charlie anerkennend.

»V wie Vielleicht bin ich ein Volltrottel«, murmle ich auf dem Weg zur Kasse. Die Verkäuferin schenkt mir erst einen mitleidigen Blick und dann einen Gürtel. Den Zusammenhang verstehe ich erst, als die anderen beiden trotz ihrer eigenen Beute keinen Gürtel kriegen. (Es macht ihnen nichts. Das Ding ist aus Plastik und unfassbar hässlich. Pinker Leopardenstyle.)

»Von dem geschmacklosesten Gürtel der Welt einmal abgesehen, war das doch ein voller Erfolg«, meint Thea mit Blick auf meine Einkaufstüte.

»Den hättest du an Aynurs Party tragen sollen!«

»Hmm«, mache ich. Die Party. Wie gern würde ich sie aus meinem Gedächtnis löschen. Oder vielmehr: aus dem Gedächtnis von allen anderen.

»Dein Shirt ist auf jeden Fall richtig schick«, lenkt Thea ab. Ich zucke mit den Schultern. Letztendlich ist es hirnverbrannt. Ich weiß ja nicht mal, was ich will.

Jasper gefallen. Ihn auf Abstand halten. Durch sein Haar

wuscheln. Ihn nie mehr sehen. Über seine Arme streichen. Von ihm gestreichelt werden. Mich nie mehr fragen, was er eigentlich will, von einer wie mir. Ob ich mehr will? Oder weniger? Mir dreht sich der Kopf.

Zwölf

Eines muss man Jasper lassen: Er hat recht behalten. Niemand sieht mich komisch an. Die doofen Blicke verfehlen mich, sausen links und rechts an mir vorbei. Ihre Zielscheibe sitzt mir gegenüber. Jasper in einem Hotdog-Kostüm.

Jasper. In einem Hotdog-Kostüm.

Ich kann es kaum fassen. Seine Arme (nackt und definierter als gedacht) gucken aus zwei Brötchenhälften. Dazwischen steckt die Wurst, versehen mit rot-gelben Schnörkeln; Ketchup und Senf. Ganz oben in dem weichen Stoff ein tellergroßes Loch, aus dem zwinkert er mir zu. Sichtlich stolz auf sich und seine Idee.

»Katha Katharina, du bist gekommen!«, hat er zur Begrüßung gesagt und mich an den reservierten Tisch geführt. Der beste, am Fenster, mit Blick auf den Kanal. Kein Wort zu seiner Aufmachung. Kein Wort zu meiner.

(Ein türkisfarbenes Tuch, im Nacken ein lockerer Knoten, der aussieht wie rasch gebunden, aber in Wahrheit besonders lang braucht. Ein sorgfältiger, dunkler Lidstrich; damit nicht gleich auffällt, dass die Wimpern fehlen. Das neue Shirt, enge Jeans, dazu Ballerinas mit silberner Spitze. All das, in dieser Kombination, dreifach abgesegnet. Von Charlie, Thea und Tiffi. Alle finden mich schön.)

Das *Nonnas* ist ein Geheimtipp. Alte Dielen mit tiefen Kerben. Holztische mit Decken, rot-weiß kariert. Kerzen, die sich in den Fenstern spiegeln. Auf einer Kreidetafel an der Wand die Speisen des Tages. Es sind nur fünf. Mehr gibt es nicht. Mehr braucht es nicht.

Der Kellner ist ein Bär in weißem Achselshirt, die Arme kunterbunt tätowiert. Wir bestellen zweimal Fassbrause und zweimal Pizza Rucola.

»Spart nicht wieder am Parmesan!«, verlangt Jasper. Sein Nicken versetzt den Wurstzipfel in Schwingung, er wippt nachdrücklich vor und zurück. Mir ist nach Lachen, nur der Bär brummt böse. Als er weg ist, sage ich: »Jetzt spuckt er dir auf die Pizza.«

»Dann tauschen wir sicherheitshalber!«, schlägt Jasper vor.

»Du hast wohl für alles eine Lösung.«

Die Brötchenhälften bewegen sich, wahrscheinlich ist das ein Schulterzucken.

»Lösungen habe ich jede Menge«, sagt Jasper. Er tunkt ein Stück Brot in Öl und schiebt es sich in den Mund. »Noch bin ich auf der Suche nach dem geeigneten Problem.«

Seine Lippen glänzen, und ich kann nicht anders, als mir vorzustellen, sie abzulecken. Erst die Oberlippe, dann die Unterlippe. So ist das mit Jasper. Er tut Dinge, die dazu führen, dass ich ihn berühren will. Wobei eigentlich schon seine Anwesenheit genügt …

Die Pizza schmeckt göttlich. (Parmesan gibt es massig.) (Getauscht haben wir nicht.) Wir essen so viel und reden noch mehr, dass ich immer öfter vergesse, dass mir gegenüber ein Würstchen sitzt. Ob es ihm genauso geht, ob er mein Tuch nicht mehr sieht? Und steht mir das Kerzenlicht eigentlich genauso gut wie ihm?

Jasper trinkt eine Fassbrause nach der anderen. Mir ist sie zu süß.

»Schmeckt nach Zuckerwatte«, sage ich.

»Gar nicht«, sagt er.

»Doch. Nach rosafarbener Zuckerwatte.«

Er schnuppert am Glas, nimmt noch einen Schluck, bewegt die Lippen wie ein Weingourmet und schüttelt dann den Kopf.

»Kein bisschen.«

»Na klar!«, rufe ich. »Könnte ein Shake sein aus dem klebrigsten Zeug vom Süßigkeitenstand. Zuckerwatte. Mäusespeck. Karamellisierte Irgendwas. Liebesäpfel, du weißt schon.«

Jasper hebt die Augenbrauen.

»Liebesäpfel?!«

Na klar, er kann das Wort so betonen, dass ich meine, ich sei mit Helium gefüllt. Dabei ist es kaum zu glauben: Jasper kennt sie nicht, die mit Abstand beste Jahrmarktleckerei!

»Du weißt nicht, was ein Liebesapfel ist?« Wenigstens klinge ich nicht, als hätte ich Helium geatmet.

»Offensichtlich eine kaum verzeihliche Wissenslücke«, sagt

er, hebt beide Hände in die Luft und zählt an den Fingern ab. »Aber ich kenne den gemeinen Pferdeapfel, den Paradiesapfel, den Bratapfel, den Augapfel, den Adamsapfel … außerdem natürlich *Granny Smith*, *Boskop* und diesen einen, bei dem ich nie weiß, wie man ihn aussprechen soll.«

»Braeburn«, sage ich.

»Braeburn«, wiederholt er und strahlt mich an. Ich will zurückstrahlen, da fällt mir auf: Lege ich die Hand an mein Kinn, tut er es auch. (So gut es eben geht im Kostüm.) Greife ich nach meinem Glas, trinkt er ebenfalls. Zum Test lehne ich mich im Stuhl zurück; er macht genau das Gleiche. Das irritiert mich ungemein. Genau das hat früher Henri gemacht, wollte er mich zur Weißglut treiben.

»Äffst du mich nach?«, platzt es aus mir heraus. Ein bisschen zu laut. Die Leute gucken jetzt doch nach mir – doch das zählt nicht, ist klar.

»Was?«

Jasper sieht mich ratlos an.

»Du machst immer genau das, was ich tue.«

»Wirklich?«

»Ja!«

»Du meinst, essen und trinken? Hier, im Restaurant?« Sein linker Mundwinkel zuckt. Eine schöne Stelle für einen Kuss. »Unglaublich!«

Witzig finde ich das nicht. Verarschen kann ich mich allein. Kann Elias mich. Da brauche ich keinen weiteren. Überlege kurz, ob ich aufstehen soll. Einfach abhauen. War sowieso 'ne Schnapsidee.

Da greift Jasper meine Hand. Zuerst sehe ich es nur: seine

Hand auf meiner Hand, darunter rote Karos. Zeitverzögert, einen hastigen Herzschlag später, spüre ich es auch. Jaspers Hand ist warm, ein bisschen rau, das kommt bestimmt vom Klettern. Mit dem Daumen macht er eine Bewegung, klitzeklein, fährt seitlich über meinen Zeigefinger. Ich weiß es nicht, vermute bloß: So fühlt sich ein Schmetterlingsflügel an.

»Weißt du, was ich in einer Zeitschrift von meiner Mutter gelesen habe?« Er spricht ganz normal weiter, wie kann er das?

»Du liest die Zeitschriften deiner Mutter?«

Meine Stimme klänge nicht seltsamer, würde er mich ganz woanders streicheln. *Jasper streichelt mich.*

»Lieber als die meines Vaters«, sagt er. »Der hat einen fragwürdigen Geschmack. Neigt zu falschen Entscheidungen.«

Ich überlege, nachzufragen, was Jasper damit meint. Aber jetzt streicht er über die Innenfläche meiner Hand, malt einen Kreis, nein, eine Spirale.

»Jedenfalls ging es in dieser Zeitschrift um Körpersprache«, erzählt Jasper weiter.

»Körpersprache«, wiederhole ich. »Kann ich auch.«

Ich nicke demonstrativ.

»Das hier heißt Ja.«

Ich schüttle den Kopf.

»Das heißt Nein. Oder war es andersherum?«

Jasper lacht, obwohl der Witz bescheuert ist. Ich bin einfach viel zu aufgeregt. Oder erregt? Von ein bisschen Handgestreichle?! *Jasper streichelt mich!*

»Offenbar nehmen Menschen, die sich gut verstehen, unbewusst oft eine ähnliche Position ein«, erklärt Jasper und guckt sich um. »Bei denen läuft es zum Beispiel nicht so gut.«

Ich drehe den Kopf. Ein Mann und eine Frau im Intellektuellen-Look mit identischen Brillengestellen. Eigentlich sehen sie glücklich aus, er füttert sie mit der Gabel.

»Die Füße«, flüstert Jasper. »Glaub mir, das wird nichts. Reicht nicht mal für eine Nacht.«

Die Füße des Mannes sind ausgestreckt, ragen weit unter den Tisch, in ihre Hälfte. Ihre sind zur Tür gedreht, als wollten sie schon mal gehen. Kann sein, dass Jasper recht hat. Ich würde trotzdem mit ihr tauschen. Sie hat so schönes, dichtes Haar.

*

Zum Nachtisch gibt es Mousse aus dunkler Schokolade. Serviert in einem Glas, das aussieht wie beschlagen. Ich brauche nur hinzusehen, schon laufe ich rot an. Das ist ja fast wie unter meiner Lichterkette ausgemalt. Nur das Wörtchen »sturmfrei« fehlt – okay, und der ganze heiße Rest.

So langsam wir auch essen, irgendwann sind unsere Gläschen leer.

»Wollen wir?«, fragt Jasper und deutet Richtung Tür. Ich nicke, dabei will ich nicht. Was soll ich schon allein zu Hause? Ginge es nach mir, wir würden für immer im *Nonnas* bleiben. Die Brillenträger sind längst gegangen, eng umschlungen, nebenbei bemerkt.

»Sollten wir nicht bezahlen?«, flüstere ich, als wir schon fast auf der Straße stehen.

»Das geht aufs Haus«, sagt Jasper, er deutet auf den Bär.

Wahrscheinlich sehe ich ihn zweifelnd an.

»Der da ist mein Cousin. Auch wenn er es sich nicht anmerken lässt.«

»Dein Cousin?«

Jetzt stehen wir draußen, Jasper klopft an die Scheibe, der Bär dreht träge den Kopf. »Ciao, Nino!«

Kaum merklich nickt Nino, der Bär.

»Eigentlich ist er supernett.« Jasper winkt. »Er ist nur ein bisschen sauer, weil ich mir ungefragt seine Arbeitsklamotten ausgeliehen habe.«

»Serviert er deshalb im Unterhemd?«

Jasper lacht.

»Nee. Das trägt er, damit man seine Arme sieht. Die Arbeitskleidung, die ich meine, braucht Nino für seinen Nebenjob. Er verteilt Flyer für 'ne Imbissbude.«

Ich starre Jasper an.

»Im Ernst? Das da ist Ninos Arbeitskleidung?!«

»Si.«

Jasper hebt die Arme, dreht sich einmal im Kreis vor mir.

»Kein Wunder ist er so schlecht drauf! Und jetzt muss er seinem Chef auch noch verklickern, dass er uns eingeladen hat.«

»Das geht schon klar«, sagt Jasper. »Sein Chef ist mein Onkel. Der besteht auf einem wöchentlichen Besuch von mir. Weil ich ihn so ehrlich kritisiere. Außerdem habe ich einen ganz besonders feinen Gaumen.« Da ist er wieder, dieser besondere Ton in Jaspers Stimme. *Friendzone.* Von wegen. Oder bilde ich es mir nur ein? Schon klingt er wieder lässig: »Beim nächsten Mal stelle ich ihn dir vor.«

Beim nächsten Mal. Es gibt also ein nächstes Mal. Zumindest, wenn es nach Jasper geht. Und genau genommen darf ich auch nichts gegen eine Wiederholung haben, denn wie versprochen wurde ich nicht angeglotzt. Im Gegenteil, ich habe alles genossen. So sehr wie seit Langem nichts. So sehr, dass ich fast Angst bekomme. Was ist, wenn Jasper es sich anders überlegt? Doch eine will mit Haaren auf dem Kopf? Falls er mich überhaupt will. Er denkt ja, ich sei vergeben.

*

Unsere Räder haben wir nebeneinander angeschlossen. Sein Hollandrad, klapprig schon, lehnt sich an mein Rennrad. Zufall? Oder ein Zeichen?

»Guck mal, die beiden mögen sich«, sage ich. Kaum ausgesprochen, würde ich mir am liebsten auf die Zunge beißen. Wie komme ich auf die Idee, so was von mir zu geben? Erst bringe ich Liebesäpfel ins Spiel und dann auch noch so einen Spruch. *Guck mal, die beiden mögen sich.*

Als Nächstes frage ich noch: »Zu mir oder zu dir?«

Jasper bückt sich, um sein Schloss zu öffnen. In dem Moment bemerke ich: Auch seine Beine sind nackt (und wohl geformt). Was zur Hölle trägt er drunter?

»Das darf man nicht persönlich nehmen«, sagt er und klopft auf den Sattel. »Meine Gazelle macht das mit jedem. Die ist ein bisschen bedürftig.«

Sofort komme ich mir noch ein bisschen blöder vor. Fehl am Platz. *Bedürftig.* Meint er wirklich sein Rad? Bin ich das Problem, das er sucht?

»Na dann«, sage ich, um alles schnell zu beenden. »Danke

dir für die Pizza. Oder vielmehr: Danke deinem Onkel für die Pizza –«

Jasper richtet sich so hastig auf, dass er seinen Kopf am Lenker stößt.

»Willst du schon nach Hause?« Er reibt seine Stirn.

Ich antworte nicht.

»Ich hatte gehofft, wir könnten noch was machen.«

»Was machen?«

»Ja. Irgendwohin gehen.«

»Irgendwohin gehen was machen?« Ich lache, hab den blöden Satz schon fast vergessen. »Geht es noch ein bisschen vager?«

Jaspers Mundwinkel zucken. Es ist wirklich eine schöne Stelle für einen Kuss. Und da ist es auch wieder, sein verschmitztes Lächeln. Er zuckt mit den Schultern, dass die Brötchenhälften wackeln.

»Ich habe ja schon den ersten Programmpunkt des Abends bestimmt. Jetzt bist du dran«, sagt er. »Was auch immer du vorschlägst, Katha Katharina: Ich bin dabei!«

Plötzlich habe ich tatsächlich eine Idee. Bin wieder fast die Alte. Katha, die Spontane.

»Na dann«, sage ich, »schließen wir eine Wissenslücke«, steige aufs Rad und fahre los. Ohne mich umzudrehen, weil ich längst weiß: Jasper ist keiner, der sich abschütteln lässt.

*

Ich trete kräftig in die Pedale, wir haben ein ordentliches Stück Weg vor uns. Unterwegs hin und wieder Zweifel: Ob Jasper das Ziel blöd finden wird? Kindisch, kitschig? Eine Touristenfalle, wie Henri sagt? Egal, denn Jaspers Satz klingt in mir nach. *Was auch immer du vorschlägst: Ich bin dabei.*

Schon von Weitem sehe ich das Riesenrad. Nachts ist es am schönsten. Es strahlt wie ein zu Scherzen aufgelegter Mond, der sich näher als sonst an die Erde wagt. Sogar Sternschnuppen gibt es: die bunten Sitze des Kettenkarussells. Und der neonfarbene Zug der Achterbahn schreibt einen Gruß in den Himmel, den nur die Schausteller verstehen. Ja, heute Nacht könnte ich Gedichte schreiben! Sofort packt mich Abenteuerlust. Wie ein Kind möchte ich am liebsten sofort alles ausprobieren. Heute, morgen, und wenn sie im August abbauen, um weiterzuziehen, werde ich mich in einem Wohnwagen verstecken und mitfahren. Einfach so, zum nächsten Ort.

»Vielleicht haben die einen Job für mich«, rufe ich Jasper über meine Schulter zu. Er schwankt gefährlich auf seinem Rad. Bestimmt schwitzt er auch, in dem Kostüm muss es heißer als mit Perücke sein. Auch wenn er die Kapuze, den Wurstzipfel, längst abgezogen hat.

Wir halten neben der *Geistervilla.* Ganz oben schmatzt ein Menschenfresser, daneben winkt der Sensenmann.

»Vielleicht fehlt denen da ein Troll. Oder so was wie Gollum.« Ich tippe mir an meinen Kopf. »Gollum könnte ich gut.«

Ein Ruck an meinem Handgelenk. Jasper. Mit gerunzelter Stirn sieht er fast böse aus.

»Wieso sagst du so was? Soll das witzig sein?«

Ich zucke mit den Schultern, werde rot. Dicke machen das

doch auch. Sie klopfen Sprüche auf eigene Kosten. So haben sie die Lacher selbst in der Hand. Da sind sie auch mir lieber als hinter meinem Rücken. Was weiß Jasper schon davon?!

»Was Elias kann, kann ich schon lange«, sage ich. »Nur besser.«

Jasper verzieht den Mund.

»Elias? Welcher Elias?«

Ich starre ihn entgeistert an. Wie kann er das nicht wissen? Hat er gar nichts mitbekommen? Ich bin doch *das* Schulgespräch! (Fast möchte ich beleidigt sein. Was, schon klar, hochgradig albern ist.)

Da dämmert es Jasper von ganz allein.

»Der Typ auf der Party«, sagt er.

»Der Typ auf der Party«, sage ich und bemerke erst jetzt: Er hält mich immer noch fest, als wollte er mich an sich ziehen. Es könnte ein Kuss werden. Es könnte auch der Anfang eines Gesprächs sein. Über das, was mir am meisten Sorgen macht. Aber ich bin zu feige. Außerdem leuchten da hinten am Stand die Liebesäpfel, die ich ihm so gern zeigen will.

Kenner wissen, dass der erste Biss der Beste ist. Das befriedigende Knacken, das die Karamellhülle von sich gibt, schenke ich Jasper.

Sein Urteil: »Echtes Teufelszeug.« Er hält den Holzstil wie einen Riesenlutscher, sieht aus wie ein zu groß geratener Junge, einfach nur süß. So kommt er einen Schritt auf mich zu, bringt den Apfel auf Höhe meines Mundes. Ich zögere.

»Willst du nicht?«, fragt er.

Doch, und wie ich will.

Als wäre der Apfel aufs Süßeste vergiftet, sind wir auf einmal wie berauscht. Um uns herum verwischt alles zu Streifen, wie auf Fotos, wenn nichts und niemand stillhalten mag. An einer Bude ziehen wir Lose, lauter Nieten, über die wir nur lachen können. Allein das Wort, *Niete*, nichts könnte witziger sein! Wir verfolgen uns im Spiegelkabinett, werfen Pfeile auf bunte Ballons und Bälle auf alte Dosen. Ich räume alle zehn auf einmal ab.

»Maus oder Ente«, fragt der Typ hinterm Tresen und deutet auf zwei Plüschfiguren.

»Nimm Donald«, ruft Jasper mit glänzenden Augen. »Bitte! Das ist der Held meiner Kindheit.«

»Okay«, sage ich. »Aber du musst ihn tragen.«

Ich drücke ihm die Ente in die Hand, er streicht sofort die Federn glatt.

*

Jasper hat die *Teststrecke* entdeckt, die gigantische blau-gelbe Achterbahn. Über die Jahre bin ich mit Charlie und Thea bestimmt an die zwanzig Runden in dem Zug gefahren, doch erst heute fällt mir auf: Der Doppellooping ist ein Herz.

»Die erste Fahrt geht auf mich«, sagt Jasper, das Portemonnaie schon gezückt.

»Lass uns noch aufessen.«

Ich halte den mickrigen Rest Apfel hoch. Erst mal Zeit gewinnen, bis mir ein Grund einfällt, der absolut gegen das Einsteigen spricht.

Zum Beispiel: »In dem Kostüm darfst du bestimmt gar nicht mit. Wie soll sich da der Bügel schließen?«

Jasper sieht an sich herunter.

»Ich geh mal an der Kasse fragen.«

Nach ein paar Schritten dreht er sich um und zwinkert.

»Nicht dass ich mich ausziehen muss …«

Mit gekreuzten Fingern warte ich. Bin schon wieder ganz nervös. Beobachte Jasper, wie er mit der Kassenfrau spricht, lacht, gestikuliert … er deutet auf mich. Da lacht sie auch und: nickt. Verdammt! Klar, keiner kann ihm wiederstehen. Erst recht nicht in dem trotteligen Kostüm. Mit zwei goldenen Chips in der Hand kommt Jasper auf mich zu.

In mir Fluchtgedanken. In die Bahn setze ich mich nicht. Auf keinen Fall. Nicht mit Jasper neben mir. Nicht mit dem Tuch auf dem Kopf. Wer weiß schon, ob es hält.

Er darf meine blanke Haut nicht sehen.

*

Mit einem Rattern hält der Zug. Bügel lösen sich, und Fahrgäste – rote Köpfe, stolze Blicke – steigen einer nach dem anderen aus. Darunter auch jemand, den ich kenne. Elias.

In meinem Bauch ein Seemannsknoten, fast wird mir schlecht.

»Der absolute Oberhammer«, ruft er seinen Kumpels zu, völlig high vom Adrenalin. Wie der Typ sich bewegt! Als hätte er den Mount Everest bestiegen. Das gelbe Trikot erradelt. Einen Drachen getötet. Eine Mitschülerin aufs Fieseste entblößt. Applaus, Applaus.

Wäre ich die dreizehnte Fee, ich würde dafür sorgen, dass ihm alle Haare ausfallen. Und die Angeberzähne dazu.

Am liebsten würde ich ihm ausweichen, wie in der Schule, mich verstecken, aber er kommt direkt auf mich zu. Hat mich noch nicht erkannt. Ich tue das Einzige, was mir übrig bleibt: Richte mich auf und spiele Katharina die Große. Sehe Elias zum ersten Mal seit der Party genau in die Augen. In den Blick lege ich alles, was ich von ihm weiß. Wie er mich im Kindergarten fragt, ob ich ihn heiraten will, wie ich ihn mit Smarties über mein Nein hinwegtröste, wie wir – Jahre später – Wodkaküsse austauschen, eingespielte Englischpartner sind, wie er, mein Krabbeldeckenfreund, mich verrät.

Ich starre ihn an und bemerke: In Elias knickt etwas ein, das möglicherweise nie aufrecht stand. Er blinzelt, sieht weg und hat schon verloren. Ich muss an die Theorie von Thea denken. Sie meint, verschmähte Liebe sei der Grund für sein Scheißverhalten. Keine Ahnung, ob das stimmt.

Da legt sich plötzlich ein (nackter) Arm um meine Schultern. Jasper.

»Alles okay?«

Und ich merke, dass ich den Arm nicht brauche. Dennoch schön, dass er da ist. Gänsehautschön.

Mein »Klar« geht unter im allgemeinen Gebrüll. Jemand ruft »Wäh«, ein anderer »Ihh!« und »Du hast es ja voll abgekriegt!«. Schon setzt auch Gelächter ein. Elias dreht sich zu seinen Kumpels um. Da sehen wir es auch. Sein Hemdrücken ist mit Kotze bedeckt. Grünlich gelb mit kleinen Stücken. Ananas und Reis. Nie war Erbrochenes schöner.

»Manchmal ist auf das Schicksal eben doch Verlass«, flüstert Jasper. Ganz nah an meinem Ohr.

*

Jasper besteht darauf, mich nach Hause zu bringen. Ab dem Park schieben wir die Räder, Jasper läuft auf der Straßenseite. Gentlemanlike.

»Du hast also die richtigen Filme gesehen«, stelle ich anerkennend fest. »Das würde meiner Mutter gefallen.« Er lacht. Oh Mann, ich liebe es, wenn Jasper lacht. Vor allem, wenn ich der Grund dafür bin. (Was ich mindestens genauso mag: wie sich ab und zu unsere Arme berühren.)

»Die richtigen Filme? Du meinst *A Nightmare on Elmstreet* und *Saw 1 bis 6*?«

»Vergiss die 3-D-Version nicht!«, sage ich. Dank meines großen Bruders bin ich splatterfest. Da legt Jasper den Arm um mich, obwohl kein Bösewicht in der Nähe ist. Und mir wird klar: Gleich küssen wir uns. Vielleicht noch drei, vier Meter, bis zur Laterne, dann ist es so weit.

»Katha«, flüstert Jasper. »Katharina.«

Mit zwei Fingerspitzen streicht er über meine Stirn, die Schläfe entlang. Sein Daumen kitzelt mein Kinn, so sanft, ich spüre ihn kaum. Auch seine Zunge tastet mehr als vorsichtig.

Er will mich nicht zerbrechen, denke ich und fühle mich kostbar. Das ist wunderbar, keine Frage. Aber da ist noch mehr in mir, irgendwas Wildes, ein Sturm. Ohne zu überlegen, fasse ich Jasper in die Locken und zieh ihn näher, presse mich an den Hotdog, der sein Körper ist. Er zögert kurz, gibt ein leises Stöhnen von sich und packt meinen Po.

Ich kann nicht anders, ich pruste los.

Sofort rückt Jasper ab.

»Was –?«, beginnt er, stoppt und beißt sich auf die Unterlippe.

»Tut mir leid«, bringe ich heraus. »Es ist nur … dein Kostüm!« Ich lache immer noch. »Ich musste gerade daran denken, dass ich kein Fleisch esse. Und jetzt stehe ich hier und küsse ein Würstchen.«

»Ein Würstchen!«, ruft Jasper. »Mit Verlaub, ich bin ein *Hotdog*. Ein heißer Hund! Und als solcher eine Spezialität der amerikanischen *cuisine*.«

»Na, wenn das so ist, dann nehme ich noch einen Bissen –«

Habe ich das eben wirklich gesagt? Ich kann nicht mehr klar denken, so gut schmeckt er. Nach kitschrotem Karamell.

»Wenn du willst, zieh ich es aus … mein Kostüm«, sagt Jasper ein paar Minuten später zu meinem Schlüsselbein. »Wenn es dich irritiert … meine ich. Ich hab natürlich was drunter. Ist ja kein Schottenrock.«

Erst will ich sagen: Nee, lass mal, passt schon. Aber dann denke ich, ein bisschen Haut wäre doch ganz schön. Außerdem sollte ich nehmen, was ich kriegen kann, bevor Jasper seinen Rückzieher macht. Auf den bin ich fest vorbereitet.

»Gute Idee«, murmle ich also. »Ist bestimmt warm da drin.«

»Die reinste Sauna«, gibt Jasper zu. »Aber daran bist du auch nicht ganz unschuldig.« Er grinst frech.

»Ach ja?« Ich taste über seinen Rücken. »Dann helfe ich dir großzügigerweise mit dem Klettverschluss.«

Jasper fängt meine Hände.

»Ziehst du dann auch was aus?«

»Was?«

»Ziehst du auch was aus?«

Er sieht mir in die Augen.

Ob ich was ausziehe? Hier auf der Straße? Spinnt der? Oder ist das ein Scherz?

»Sind wir beim Strip-Poker, oder was?«

Jasper verlagert sein Gewicht.

»Ich meine doch nur *deine* Verkleidung.«

»Meine Verkleidung?!«

»Das Tuch.«

Es gibt vieles, was ich jetzt sagen könnte. Oder sollte. Ja, was ich ihm möglicherweise ganz gelassen erklären müsste. *Du, das ist ein Missverständnis. Das Tuch ist keine Verkleidung. Das Tuch ist sichtbar gewordene Unterwäsche. Ohne es bin ich nackt. Splitterfasernackt.*

Aber ich komme nicht dazu. Denn Jasper tut etwas Unglaubliches: Er hebt die Hand. Er hebt die Hand und greift nach meinem Tuch. Er hebt die Hand und greift nach meinem Tuch, um es mir vom Kopf zu ziehen.

*

Endlich einmal erweist es sich als Vorteil, die kleine Schwester von Henri zu sein. Dank ihm habe ich jahrelanges Training. Ich weiß, wie man sich duckt, wenn einem ein Stärkerer etwas stibitzen will. Sei es Puppe, Zopfband, Sonnenbrille. Sei es ein lebenswichtiges Tuch.

Ganz klein und schlank mache ich mich und bin schon unter seinem Arm durchgeschlüpft. Dass mein Rad zu Boden fällt, kümmert mich nicht. Wichtig ist nur, das Tuch sitzt noch auf meinem Kopf. Dunkle Nacht hin oder her. Ich halte es fest und renne nach Hause. Aus der Ferne höre ich, wie Jasper irgendwas ruft. Nach Katha Katharina klingt es nicht.

Dreizehn

Am nächsten Tag treffe ich mich mit Charlie und Thea auf eine Runde Tischtennis. Thea spielt seit ihrem achten Lebensjahr begeistert – wer weiß, vielleicht ist das ja was für mich. Aber mein Ball fliegt jedes Mal zu weit, einmal lasse ich sogar den Schläger fallen. Da verliere ich die Lust und überrede die anderen zu einem Besuch im Eiscafé. Nachdem ich von Jasper erzählt habe, versucht Charlie eine Erklärung.

»Bestimmt war es ein Flirtversuch.«

»Ein ziemlich misslungener«, meint Thea.

Gedankenverloren leckt sie einen Löffel Erdbeereis ab, es ist ihre zweite Portion. »Mich erinnert das an die Jungs im Freibad.«

»Die Jungs im Freibad?«

»Die wollen einem doch auch immer irgendwas klauen. Damit man kreischt und sie verfolgt.«

»Mit hüpfenden Bikinibrüsten«, ergänzt Charlie. Sie weiß genau, wovon die Rede ist, und hat noch eine Hypothese: »Vielleicht wollte er auch nur spielen. *Zeigst du mir deins, zeig ich dir meins*.«

»Jasper hat keine Glatze«, erinnere ich sie. Ich spreche leise.

Es klingt immer noch merkwürdig, dieses Wort, aus meinem Mund. Wenn es um mich geht. Um mich!

»Vielleicht hat er was anderes, das ihm zu schaffen macht. Einen krummen Dingdong oder so.« Sie sieht mich an. »Hast du da vielleicht irgendwas in der Art gespürt, durch den ganzen Stoff?«

»Das ist geschmacklos«, sagt Thea. »Und überhaupt: *Dingdong?!*«

Wo sie recht hat, hat sie recht. Außerdem haben wir in Bio gelernt: Die meisten sind ein bisschen schief.

*

Wütend bin ich. Traurig und verletzt. Jasper ist so ein Idiot, macht unseren wunderbaren Abend in einer der letzten Sekunden kaputt. In meinem Hinterkopf der Gedanke, dass ich nicht viel besser bin. Vielleicht sogar selbst schuld. Wieso habe ich überhaupt etwas entstehen lassen, das man zerstören kann?! Ich hätte es besser wissen müssen.

Trotzdem würde ich gern von ihm hören. Ein Anruf, eine SMS, irgendwas. Aber mein Handy bleibt stumm. Wenigstens steht mein Rad seit Montag wieder vor unserem Haus.

Vielleicht ist Jasper ganz froh, denke ich. Immerhin hat er nun einen Ausstieg gefunden, aus der zum Scheitern verurteilten Sache mit mir.

*

»Ich habe eine Selbsthilfegruppe gefunden«, eröffnet meine Mutter das Gespräch beim Abendessen.

»Super«, sagt Henri. »Höchste Zeit, dass du was gegen deine

Kohlsuppenobsession tust. Wir hatten schon eine Intervention geplant, Papa, Katha und ich.«

»Haltet mich da raus«, sagt mein Vater und nimmt sich noch eine Kelle Suppe. »Ich mag Kohl. Der kurbelt die Fettverbrennung an.«

Jetzt hat sie ihn also auch infiziert.

Meine Mutter sieht mich an. »Es ist eine Art Stammtisch für Leute mit Haarausfall.«

Warum kommt sie bei jedem Essen auf das Thema?

»Ich habe dort angerufen. Da sind viele junge Leute dabei. Auch Jungs in deinem Alter.«

Auch Jungs in meinem Alter?!

»Ich habe eine Geschäftsidee für dich«, sage ich und schiebe meinen Teller weg. »Eine Heiratsvermittlung für schwere Fälle. *Glatzkopf sucht Frau bzw. Mann.*«

Auf dem Weg in mein Zimmer der Gedanke, dass sie mir vielleicht einfach nur den Appetit verderben will. Vielleicht bin ich ihr auch noch zu fett. In dem Moment beschließe ich: Die blöden Gefühle zahle ich meiner Mutter heim. Oder besser noch dem elterlichen Doppelpack. Sie stecken ja unter einer Decke. Zum Glück hauen die beiden gleich ab, machen einen Tanzkurs für Unverbesserliche. Es fragt sich nur, wie ich mich rächen kann.

Früher, ja, da war ich einfallsreich! Bevor mich diese Krankheit lähmte, mein Hirn blockierte. Vielleicht komme ich irgendwie wieder dahin zurück? Ein verwegener Gedanke taucht auf: Vielleicht ist die Alopezie kein Grund, eine ganz andere zu sein? Auch wenn sie mich natürlich verändert. Nicht nur äußerlich. Allein schon, dass ich mir all diese Fragen stelle. Über innere und äußere Werte. Darüber, wer man eigentlich ist. Und welchen Einfluss andere oder man selbst darauf hat. Ich kann mich nicht erinnern, mir früher über so was den Kopf zerbrochen zu haben. (Es sei denn, es stand in Ethik an und war klausurrelevant.)

Zwei Stunden später, im Flur. Henri ist auf dem Sprung. Jede Wette, er geht auf dem Weg zu Tiffi noch beim Dönerladen vorbei; ein bisschen warmes Gemüsewasser reicht ihm nicht.

»Für dich«, sagt er und drückt mir einen Umschlag in die Hand.

»Was ist das?«, frage ich.

Betont gelangweilt zieht Henri seine Schuhe an.

»Hat mir einer aus meinem Team für dich gegeben.«

Heute? Wie kann das sein?

»Du hast doch immer montags Hockey.«

»Ich schlepp das Ding auch schon eine Weile mit mir rum«, gibt er zu, schämt sich kein bisschen. »Eigentlich wollte ich es dir gar nicht geben. Weil du mir fast die Sache mit Tiffi versaut hast.«

»Hä?«

Er funkelt böse.

»Nicht mal daran erinnern kannst du dich! Sie hatte angerufen, aber du hast mir nichts gesagt.«

»Ach so. Das.«

»Ja. Das.« Er greift seine Schlüssel vom Brett. »Auf jeden Fall hat Tiffi mich überzeugt, dass es nicht richtig wäre, dir was vorzuenthalten. Sie findet, Rache ist was für Kleingeister.«

Henri wendet sich zum Gehen; ich drehe den Umschlag um.

Katha Katharina steht drauf. Zwei Wörter – oder: ein ganzes und ein halbes –, mehr braucht es nicht, und mein Herz macht einen Riesensatz.

»Sag Tiffi Danke«, rufe ich meinem Bruder hinterher. »Und spendier ihr einen Drink von mir. Egal, was es ist: Mach einen Doppelten draus!«

Was ein Glück, dass mein Bruder ein Großgeist ist. Oder zumindest sein Bestes versucht.

*

Ich traue meinen Augen kaum. In dem Umschlag steckt ein Polaroid. Darauf Jasper und Donald, mein Dosenwurf-Gewinn. So weit, so harmlos. Wäre Jasper nicht nackt – nackt! – von oben bis unten. Er trägt weder Schuhe noch Hut und vor allem nichts dazwischen. Hätte er die Ente nicht geschickt vor seinen Lenden platziert, ich würde *alles* sehen. (Und wüsste, wie krumm oder gerade er ist. Nicht dass es eine Rolle spielt.)

Die Aufnahme ist beschriftet. Ein schwarzer Pfeil zeigt auf Jasper, *TROTTEL* steht daneben. Ein zweiter ist auf Donald gerichtet: *Kann nix dafür. (Vermisst seine Mama. Darf ich den Kleinen nach Hause bringen?)*

Meine ersten beiden Gedanken – nicht unbedingt in dieser Reihenfolge:

Er hat es kapiert!

Was für ein Oberkörper!

Dann ist auch für andere Überlegungen Platz, darunter jede Menge Fragen: Hat Jasper sich für das Foto *eingeölt*? Wer hat es geschossen? Und sollte ich trotz der süßen Nachricht nicht besser Abstand halten?

Ich seufze, denn: Das schaffe ich nicht, da brauche ich mir nichts vorzumachen. Zu schön waren die Gespräche mit Jasper. Zu aufregend unser Kuss. Das Bild zu heiß und der Text zu witzig.

Ich lese ihn wieder und wieder. Ohne mich mit Charlie und Thea zu beraten, sende ich eine Antwort. Selbstverständlich dürfe er den Kleinen nach Hause bringen.

Jetzt gleich?, schreibt er.

Jetzt gleich, schreibe ich.

Sind schon unterwegs.

Ich rechne mir mindestens eine halbe Stunde aus. Also kann ich noch duschen, mit Tiffis duftendem Kokosschaum, den hat sie hier vergessen. Das bringt mich auf Henri und plötzlich habe ich seinen Satz im Ohr. *Hat mir einer aus meinem Team für dich gegeben.*

Einer aus seinem Team.

Jasper.

Jasper ist in seinem Team.

Jasper weiß, dass wir Geschwister sind, dass mein Bruder Henri heißt. Verdammt, wie groß ist die Wahrscheinlichkeit, dass mein Freund den gleichen Namen –?!

Da klingelt es. Weil Tuchbinden unter Zeitstress absolut unmöglich ist, wickle ich mir bloß ein Handtuch um den Kopf. Sieht fast normal aus, wie frisch geduscht, und das bin ich ja auch.

»Ich mach auf«, brülle ich meiner Familie zu. Da fällt mir ein, dass außer mir niemand mehr zu Hause ist.

Zerknirscht kann er genauso gut wie verschmitzt. Wenn nicht noch besser. Steht da mit schiefen Augenbrauen und hängenden Armen, meinen Donald in einer Hand. Sogar der sieht betroffen aus. Und ich? Ich sage nicht Hallo, was Sinn ergeben würde, sondern:

»Ich dachte, du kletterst!«

Jasper legt den Kopf leicht schief.

»Zu dir in den Vierten?!«

»In der Kletterhalle. In deiner Freizeit. Dabei spielst du Hockey mit –«

Jasper übernimmt den Satz: »– mit Henri, genau. Deinem Bruder, versteht sich.« Ein Grinsen huscht über sein Gesicht. »Nicht dem anderen Henri.«

»Halt die Klappe«, sage ich. Beinahe hätte ich ihm auf die Schulter geboxt.

»Klettern geh ich nur noch manchmal«, beeilt sich Jasper zu erklären. »Zurzeit macht mir Hockey mehr Spaß. Das Spiel ist so schnell! Außerdem bin ich gern in einem Team –« Er bricht ab. »So spannend ein Vortrag über Sportarten im Allgemeinen und Hockey im Speziellen sicher wäre – eigentlich wollte ich dir was ganz anderes sagen.«

»Nämlich?«

Er wippt auf den Fußballen.

»Dass es mir leidtut.«

»Schon okay.« Ich winke ab.

»Nee. Nicht okay.« Er räuspert sich. »Keine Ahnung, was da in mich gefahren ist. Ich befürchte, in Gegenwart mancher Leute kann ich einfach nicht klar denken. Der Deutsch-Gerbig ist so ein Beispiel … du ein anderes.« Schnell hebt er die Hände. »Was natürlich keine Entschuldigung ist!«

»Schon okay«, sage ich wieder.

Er lässt seine Hände langsam sinken. (Die Hände mit den rauen Fingerkuppen. Die mich gestreichelt haben vor nicht allzu langer Zeit.)

»Eigentlich wollte ich mir für diesen Moment hier von meinem Cousin Handschellen leihen.«

»Dein Cousin besitzt Handschellen?«

Jasper nickt.

»Nino ist in einer Schauspielgruppe. Lauter Laien. In seinem letzten Stück muss er entweder Bulle oder SMler gewesen sein. Jedenfalls wollte ich mir die Handschellen anlegen. Um zu zeigen: Erstens, ich komme in friedlicher Absicht. Zweitens, ich bin schuldig im Sinne der Anklage, sowie drittens geständig und einsichtig.«

»Aber?«, frage ich.

»Aber dann dachte ich, irgendwie ist das albern. Nach so einer Volltrottel-Aktion muss man sich anders benehmen. Die Situation verlangt Ernsthaftigkeit.«

»Daher das ernsthafte Nacktfoto.«

Jasper dreht sich zur Seite, verlagert sein Gewicht von einem Bein auf das andere, windet sich.

»Genau genommen ist es ja kein richtiges Nacktfoto.«

»Donald sei Dank.«

Jasper hebt die Ente hoch.

»Das war alles einvernehmlich!«, quäkt sie. »Jasper ist ein toller Typ. Wir haben uns gut verstanden.«

Die Ente hält den Schnabel und Jasper sieht mich an.

»Nur du hast gefehlt.«

Ich öffne die Tür noch ein bisschen. Gerade so, dass er versteht: Komm doch rein.

*

Kaum zu fassen, was in unserem Wohnzimmer alles rumliegt. Allein der Couchtisch ist Grund genug, um direkt daneben im Boden zu versinken. Ein Waschlappen, ein blutiges Pflaster, die Nagelschere, der Bimsstein und etwas, das bitte nicht Schnipsel der Nägel meines Vaters sind. Dann der mitten im Raum thronende Wäscheständer: bedeckt mit mütterlicher Unterwäsche. (Gewagt ist noch untertrieben. Warum kann sie nichts Normales tragen? Ich tue es doch auch.) Zu allem Überfluss hängt in der Luft dieser Kohlsuppengeruch.

Verdammt, wissen meine Familienmitglieder denn nicht, dass es so etwas wie Spontanbesuche gibt? Dass jederzeit jemand hereinschneien kann, dem man das eigene Zimmer nicht zeigen will, weil sich da (unverlangte) Broschüren stapeln, die nach Selbsthilfe aussehen, nach Krankheit und Not?

Der Balkon ist keine Alternative. Im Hinterhof ist selbst Geflüstertes für alle Nachbarn gut zu hören.

Ich dirigiere Jasper zum Sofa, setze mich mit Abstand daneben und lege eine Zeitung über das Pediküre-Massaker.

Jasper fragt was, aber ich höre ihn kaum. Bin zu sehr damit beschäftigt, in meinem Kopf nach einem Satz zu suchen, der (beiläufig, aber unmissverständlich) klarmacht: Die Unterhosen, die keinen Meter entfernt von uns trocknen, haben meinen Körper nie berührt.

»Entschuldige, was?«

Er hat sich zu mir gedreht.

»Ich wollte wissen, ob du mir meine Aktion noch übel nimmst.« Ich zucke mit den Schultern.

»Scheinbar bin ich eine Niete im Nachtragendsein.«

Niete. Das war unser Wort, vor einigen, wenigen Tagen. Ob Jasper das noch weiß? Was würde ich ihn jetzt gern ansehen, aber ich traue mich nicht. Der Übermut vom Jahrmarkt hat seine Zelte gepackt, ist weitergezogen.

»Zum Glück«, sagt Jasper leise, streckt sein Bein kurz, so dass sein Fuß meine Wade streift. Ich zucke zurück, Jasper blinzelt – ist er enttäuscht? Aber mehr Berührung vertrage ich nicht, nicht heute, nicht nach allem, was war.

»Gutmachen kannst du es trotzdem«, sage ich und gebe mir größte Mühe, nicht anzüglich zu klingen. Mir geht es um was ganz anderes. Denn plötzlich habe ich einen Einfall, der letztendlich nur meine Eltern betrifft. Die Idee funkelt in mir, in leuchtenden Farben, das fühlt sich fast wie früher an.

»Klar«, sagt Jasper und richtet sich auf. »Was soll ich tun? Diesem Penner Elias eine Kopfnuss verpassen? Und mir eine harte Linke?«

Ich schüttle den Kopf.

»Eine harte Linke *und* eine harte Rechte?«

»Nein. Du leihst mir Nino für einen Tag.«

Ein Moment Stille, bis auf das Rauschen der Geschirrspülmaschine.

»Du willst, dass ich dir meinen Cousin *leihe*?!« Jasper fährt sich durchs Haar.

»Du hattest Donald ein paar Tage, da werde ich doch Nino wenigstens mal ein paar Stunden haben dürfen.«

»Ich weiß, er sieht aus wie ein Mafioso der dritten Generation«, sagt Jasper. »Aber ob du mir glaubst oder nicht: Nino ist die personifizierte Harmlosigkeit. Wenn du also jemanden aus dem Weg schaffen willst – und ich hoffe sehr, es geht nicht um mich –, musst du es schon selbst tun.«

Jasper macht eine kleine Pause. Leise und ehrlich besorgt spricht er weiter: »Oder … gefällt er dir etwa? Nicht dass Nino eine ernste Gefahr wäre, er steht auf Jungs. Aber … ist Nino dein Typ?« Jasper räuspert sich. »Da kann ich lange klettern und Hockey spielen und zwischendurch bankdrücken und literweise Eiweißdrinks in mich schütten. Zu einem Nino werde ich in diesem Leben definitiv nicht mehr.«

So ist Jasper, betrübt und witzig zugleich.

Obwohl es ein Leichtes wäre, seine Bedenken zu zerstreuen, gehe ich nicht darauf ein. Vielleicht denke ich: Ein bisschen Eifersucht ist gar nicht schlecht. Zumindest würde das Charlie sagen.

Ich tätschle Jaspers Hand. (Also doch noch eine Berührung, wer hätte das gedacht. Es fällt mir schwer, die Hand nicht dort liegen zu lassen.)

»Hat Nino Sonntagnachmittag frei?«

*

Am kommenden Sonntag hält ein schwarzer Chopper vor unserem Haus. Parkt so, dass man den Fahrer samt Lederkluft bereits vom Küchenfenster aus bewundern kann. Meine Eltern kriegen also schon von Weitem den ersten Schreck – genau so soll es sein.

Warum Nino mitmacht? Vielleicht, weil er gern jede Möglichkeit nutzt, um ein bisschen Theater zu spielen. Außerdem habe ich leckeren Kuchen versprochen, gebacken von meinem Vater. Und nicht zuletzt ist es eine wunderbare Gelegenheit für Nino, seinen Cousin ein bisschen zu ärgern. Denn dass Jasper gerne an Ninos Stelle wäre, ist klar.

Meine Eltern geben sich alle Mühe, ihre Überraschung nicht zu zeigen. Schütteln höflich Ninos Pranke und bitten ihn herein. Ob er ihnen die Lederjacke zum Aufhängen geben mag? Und ob er die Stiefel vielleicht freundlicherweise ausziehen könnte? Es ist gerade frisch gewischt.

»Klaro«, sagt Nino und zwinkert mir zu.

Er ist ein Naturtalent. Drückt mich an sich, nennt mich »Baby« und flüstert mir »Schöne Grüße von Jasper« ins Ohr, worauf ich kichere, als hätte ich etwas hochgradig Unanständiges gehört. Alles improvisiert.

Im Wohnzimmer heute keine Spur von väterlichen Nagelresten oder mütterlicher Unterwäsche. Dafür gibt's ofenwarmen Käsekuchen. (Der, jede Wette, am Abend mit Suppe »ausbalanciert« wird.) Meine Mutter schenkt den Kaffee ein.

»Katharina sagt, Sie arbeiten in der Gastronomie?«

Sie nennt mich Katharina! Sie siezt ihn! Das läuft besser als gehofft.

»Yo«, sagt Nino. Ein fünftes Würfelchen Zucker plumpst in seinen Kaffee. Dann Schweigen, ich schmiege mich an ihn, an seinen bunten Oberarm. Wie besprochen trägt er zur schwarzen Hose nur eines seiner Achselshirts, das Goldkettchen hat er sich selbst überlegt. Perfekt. Nino könnte auch Kostümbildner sein.

»Sind Sie in der Küche beschäftigt oder im Servierbereich?«

Servierbereich? Gibt es das Wort überhaupt? Was meine Mutter wirklich meint: Dürfen ihn die Gäste sehen?

»Promotionbereich«, sagt Nino.

Meine Eltern nicken verständnislos.

»Er verteilt Flyer an Touristen«, erkläre ich. »Mit der Wegbeschreibung zur Würstchenbude.«

»Wir haben auch Pommes«, sagt Nino stolz. »Müssen Sie probieren.«

»Das werden wir«, murmelt mein Vater irritiert. »Unbedingt.«

»Am besten donnerstags. Da wechseln wir das Fett.«

Wie soll sie einen Freund finden?

Seht ihr, alles kein Problem! Vielleicht ist er nicht ganz nach eurem Geschmack. Aber wenigstens könnt ihr euch nun andere Sorgen machen als die, dass eure einzige Tochter niemals unter die Haube kommt. Sie hat ihren Prinzen längst gefunden. Auch wenn ihr nur den Frosch in ihm seht. (Oder Schlimmeres. Das Biest.)

»Sagen Sie, wenn ich zu neugierig bin«, beginnt meine Mutter. »Aber haben die Bilder irgendeine Bedeutung?« Sie deutet auf Ninos Muskelarm, der über meiner Schulter liegt. Falls sie will, dass er ihn wegnimmt: Der Erfolg bleibt aus.

»Keine Ahnung«, gibt Nino zu und lacht. »Die meisten habe ich stechen lassen, als ich betrunken war.«

»Ein Freund von Nino hat ein Tätowierstudio«, sage ich und streiche über den Karpfen, der über seine Schulter springt. »Er hat mir einen Freundschaftspreis versprochen.«

»Meine Freunde sind auch Kathas Freunde«, bestätigt Nino, es klingt wie eine Drohung.

»Vielleicht lasse ich mir da ab jetzt die Augenbrauen stechen.«

Aufs Schwerste verliebt blickt Nino mich an.

»Ich sage immer: Lass dir Löckchen auf den Schädel malen.« Er streicht über mein Tuch. Das war nicht geprobt, ich zucke zurück. Dabei fühlt es sich gar nicht fürchterlich an. Und Nino wirkt auch nicht erschrocken.

»Aber mein Baby will nicht«, sagt er.

»Noch nicht«, sage ich und sehe meine Eltern an. »Das muss man sich gut überlegen. Ist immerhin für ewig.«

»Per l'eternita«, flüstert Nino und nimmt meine Hand.

»Wie alt ist er?!«, fragt meine Mutter in der Küche. Unter dem Vorwand, noch Zucker zu suchen, hat sie mich hierhergelockt.

»Dreiundzwanzig.«

»Dreiundzwanzig?«

»Einen älteren Freund hat niemand aus meinem Jahrgang. Der Einzige mit Motorrad ist er auch.« Ich strahle sie an. »Was meinst du, wie neidisch die anderen sind!«

Der krönende Abschluss: Nino nimmt mich auf seinem Chopper mit. Angeblich haben wir noch Kinokarten.

»Ich habe einen Schmusesessel reserviert«, flüstert Nino meinen Eltern zu. Mit Mündern wie zwei Bleistifte wünschen sie uns viel Spaß. Einen lebenden Organspender nennen sie jeden, der sich auf ein Motorrad wagt.

*

Wir brausen los. Der Fahrtwind zieht und zupft an meinem Shirt. Das ist erfrischend und aufregend und fast so genial wie Achterbahn. Einen Vorteil hat der Chopper: Der Helm sitzt fest auf meinem Kopf, dass mein Tuch sich löst, ist ausgeschlossen.

Ich gehe davon aus, dass wir eine kleine Runde drehen. Dann setzt Nino mich irgendwo ab, wo ich rumhängen kann, bis ich ein, zwei Stunden später mit den Öffentlichen nach Hause fahre. Meine Eltern werden noch wach sein, weil sie wissen wollen, wie der Film war (und ob ich noch lebe oder schon schwanger bin). Meine Antwort steht fest: »Ich glaube, ich muss noch mal rein. Viel mitgekriegt habe ich nicht …«

Doch dann hält er tatsächlich vorm Kino, direkt am Potsdamer Platz. Ich bin irritiert, das war nicht ausgemacht. Außerdem muss Nino doch ins Restaurant.

Da sehe ich ihn. Er lehnt an einer Litfaßsäule, blinzelt in die Abendsonne. Jasper. Mein Herz macht einen Sprung und dann noch einen, das ist fast wie beim Hürdenlauf.

Ein schriller Pfiff von Nino, da entdeckt er uns. Drückt sich mit den Schultern von der Säule ab und kommt lächelnd auf uns zu. Das eine Grübchen hat es mir besonders angetan, es sitzt ganz nah an seinem Mundwinkel. Was würde ich ihn gern küssen, dort. Jetzt gleich.

Keine Frage, das Date ist ermogelt, aber: Was soll's!

*

Und als ich zwei Stunden später zu meinen Eltern sage: »Ich glaube, ich muss noch mal rein. Viel mitgekriegt habe ich nicht …«, da ist es nicht mal gelogen.

*

Wir sitzen auf unserem Stammplatz bei den Containern. Charlie löchert mich mit Fragen; es können nicht genug sein. Mit jeder Antwort darf ich das Fantastische noch mal erleben, das hilft beim Realisieren und ist einfach nur schön.

»Also seid ihr zwei jetzt ein *thing*, Jasper und du?«

»Keine Ahnung«, sage ich. »Aber ich glaube schon … vielleicht.«

»Glauben-schnauben«, ruft Charlie. »Was soll denn das heißen?«

Ich zucke mit den Schultern.

»Das heißt, dass er nicht gefragt hat, ob ich mit ihm gehen will.«

»Das fragt man seit der Grundschule nicht mehr«, meint Thea.

»Ah, genau«, erinnert sich Charlie. »So bist du ja damals mit dem Unglaublichen Nikolas zusammengekommen. Wer von euch beiden hat das Zettelchen eigentlich geschrieben?«

»Es war kein Zettelchen«, korrigiert Thea. »Und wir waren in der Siebten.«

Ich sehe meine Mädels an. »Ich frage mich das wirklich: Woher soll man wissen, dass es ernst ist?«

Charlie spitzt die Lippen.

»Wenn auf dem Stäbchen zwei Striche sind.«

Die Frage verfolgt mich bis in den Unterricht. Woher wissen andere, woran sie sind? Was bedeuten Schmusesessel-Küsse, für die es keine Zeugen gibt?

*

Klarheit schafft die Mittagspause. Ich habe kaum einen Fuß auf die grauen Fliesen der Cafeteria gesetzt, als Jasper neben mir steht.

»Da bist du ja, Katha Katharina«, sagt er, schlingt die Arme um mich und ich atme tief ein, so gut riecht er. Vor allem am Hals. Bevor Jasper dazu kommt, küsse ich ihn. Auf die Stelle am Mundwinkel und dann direkt auf die Lippen, die sich wie von alleine öffnen. Und alle können es sehen. Er nimmt meine Hand und lässt sie nicht los.

*

Nach zwei Wochen ist es fast ein Ritual. Jasper, der mich durch die Gänge begleitet, zu Mathe, Physik und Englisch bringt. Ob er zu spät kommt, ist ihm egal. Ich genieße es, aber stelle trotzdem klar, dass ich absolut keinen Beschützer brauche. Keinen edlen Ritter, keinen sich aufopfernden Königssohn.

»Ich weiß«, sagt Jasper. »Aber ich brauche dich.«

*

Meine Eltern sind so erleichtert, dass Jasper nicht Nino ist, dass sie uns keinerlei Auflagen machen. Ich kann ihn treffen, so oft und so lange ich will. Nur soll ich bitte meine Arzttermine nicht vergessen. Als ob das jemals passieren würde. Als ob alles in Butter wäre, nur weil ich jetzt jemanden an meiner Seite habe, der mich mag. Jasper mag mich. Mich! Und allem Anschein nach genau so, wie ich bin. »Wie auch sonst?«, fragt Charlie. Ich zucke mit den Schultern, weiß keine Antwort.

Kurz vor Ferienbeginn will ich etwas versuchen, das sich Reiztherapie nennt. Für Jasper, für meine Eltern, für mich.

Bei weniger ausgeprägten Fällen würde man es vorher mit Injektionen probieren. Aber wenn wie bei mir fast der ganze Kopf betroffen ist, kommen Spritzen nicht infrage. Ich bin froh darüber, denn Nadeln mochte ich noch nie besonders. Also ist die Reiztherapie, wie meine Mutter sagt, unsere letzte Chance. *Unsere*. Ich habe mich nicht verhört. Was, wenn nichts daraus wird? Reklamiert sie mich dann? *Diese Tochter ist leider mangelhaft.* Reklamiert Jasper mich? Kann man sich selbst reklamieren?

*

Jaspers Mutter, die ich aus der Ferne kenne, freut sich, mich endlich kennenzulernen. Sie ist nicht nur unglaublich jung und hübsch, sondern mindestens genauso nett. Außerdem ist sie Grafikerin, alleinerziehend und beleidigt, wenn ich sie nicht beim Vornamen nenne.

»Ich heiße Jolanda«, sagt sie und beißt in ein dick belegtes Käsebrot. Dem Geruch nach Appenzeller. Vor ihr auf dem Herd steht ein aufgeklappter Laptop. Sie arbeitet wie nebenbei, mit einer Hand entwirft sie hellgelbe Logos. »Auf Frau Bergemann höre ich nicht. Was nur zum Teil damit zu tun hat, dass es der Nachname meines Exmannes ist.«

Jasper verdreht die Augen und zieht mich raus in den Garten. Sie wohnen in einer Remise, einem kleinen Häuschen im zweiten Hinterhof. Drum herum wachsen Rhododendron und Rosen und bestimmt hundert andere Pflanzen, doch wie die heißen, weiß ich nicht. Es ist schattig, kühl und verwunschen. Hier könnte auch ein Brunnen stehen, mit einer goldenen Kugel auf dem Grund. Ich verliebe mich sofort in den Ort.

»Toll«, staune ich.

»Wenn meine Mutter nicht am Rechner sitzt, gräbt sie in der Erde«, erklärt Jasper. »Damit hat sie angefangen, als mein Vater seine erste Affäre hatte.« Davon, dass sein Vater ein begeisterter Fremdgeher war, hat er mir bereits erzählt. Ich wusste nicht, was ich sagen sollte. Meine Eltern, so nervig sie auch sind, sind wie ein Fels in der Brandung. Da könnte auch ein Tsunami kommen.

Jasper stockt nur kurz, dann spricht er weiter.

»Ich kann ohne Übertreibung sagen, dass meine Mutter mich zum besten Unkrautjäter der Welt gemacht hat.«

»Sie ist so schön«, sage ich, es rutscht einfach so raus.

»Und genauso alt wie ich«, sagt Jasper.

Kurz bin ich irritiert, da sehe ich, dass er über einen Baumstamm streicht. Es könnte eine Linde sein.

»Die haben meine Eltern zu meiner Geburt gepflanzt.«

»Schön«, sage ich noch mal und meine dieses Mal beide,

den Baum und Jolanda. Solange ich sie vorhin auch angesehen habe, einen Makel fand ich nicht. Ich gebe zu: Erweiterte Poren oder ein abstehendes Ohr, irgendwas in der Art wäre toll; würde mich um einiges entspannter machen. (Sie soll nicht denken, ich versaue ihre guten Familiengene.)

*

Mit Sonnenschein und Eisbechern gefüllte Tage vergehen. Bald meldet das Radio den Rekord: Der heißeste Tag des Jahres ist da!

»Einen eigenen Pool bräuchte man«, seufze ich. Denn ins Freibad will ich nicht, traue mich mit Tuch nicht ins Wasser – und ohne nicht mal aus meinem Zimmer. Dieser eine Arzt hatte gut reden! Von wegen Hobbys. Es gibt so viele, die nicht infrage kommen für mich. Schwimmen, Tauchen, Surfen. Alles, was jetzt ein Vergnügen wäre.

»Einen Pool?«, ruft Jasper. »Nichts leichter als das.«

Er schleppt mich in diesen Billigladen, der nur noch ein einziges Planschbecken hat. Limettengrün. Schon beim Anblick der Farbe fühle ich mich erfrischt.

Bis in die Dämmerung plätschern wir mit den Füßen hinter seinem Haus in unserem Pool. Ich zeige Jasper meinen kleeblattförmigen Leberfleck auf dem Fuß, er mir seine Narbe an der Wade, ein Skateboardunfall mit zehn. Ich denke: Die Geschichten, die Narben erzählen, sind Heldengeschichten. Hier bin ich am Zaun hängen geblieben, als wir nachts ins Schwimmbad eingebrochen sind. Hier habe ich mich beim Zelten in Frankreich an einer Raviolidose geschnitten. Hier habe ich mich am Auspuff meiner Honda verbrannt. Und hier habe ich ehrlich gesagt keine Ahnung, was passiert ist, so voll war ich. Im Gegensatz dazu riecht ein blanker Schädel nicht nach Abenteuer. Nur nach Koffeinshampoo und Zwiebelsud, der doch nichts bringt. Aber der Gedanke verfliegt so schnell, wie er kommt. Und dann knipst Jolanda für uns die Lampions an. Rosafarbene Minimonde, die zwischen den Ästen schweben.

»Jetzt könnte die Welt untergehen«, murmle ich.

»Bist du verrückt!«, flüstert Jasper und zeichnet mit den Fingern mein Schulterblatt nach. »Ich will doch noch so viel mit dir machen.«

Vierzehn

Ich bin zur falschen Zeit am falschen Ort. Genauer: in den Mädchentoiletten im ersten OG während der großen Pause am Freitag.

Durch die beschmierten Kabinenwände unterhalten sich zwei. Sind mitten im Gespräch.

»Jedenfalls finde ich es toll! Echt uneigennützig und selbstlos.«

»Hast du in Ethik nicht aufgepasst? Es gibt keinen echten Altruismus!«

»Dann weiß ich auch nicht, warum er das macht.«

Eine Toilettenspülung rauscht.

»Vielleicht wird er bezahlt.«

Die zweite Spülung setzt ein.

»Vielleicht ist es Mitleid.«

»Glaubst du?«

»Oder er will sie retten.«

»Wie meinst du das?«

»Ist doch klar! Würde ich *für immer* so aussehen, dann würde ich mir ein schönes heißes Bad machen und mir die Pulsadern aufschneiden. Ohne Haare bist du *nichts*.«

Eiskalt ist mir mit einem Mal. Meine Knöchel sind weiß, so fest umklammere ich den Türgriff, zieh ihn zu mir, damit niemand öffnen kann. (Dabei ist doch abgeschlossen.) Ich will hier nie mehr raus.

Draußen plappern sie jetzt an den Waschbecken weiter.

»Pulsadern, echt? Ich würde lieber Tabletten nehmen.«

»Dann finden sie dich und pumpen dir den Magen aus. Und behaupten, das war nur ein Hilfeschrei. Nein, danke.«

»Ich glaube, es ist der angenehmere Tod.«

»Am besten soll ja Erfrieren sein …«

Es ist keine Überraschung, dass sie hinter meinem Rücken reden. Auch dass sie sagen, einer wie Jasper könne eine wie mich nicht mögen, ist nicht weiter schlimm. Ich verstehe es ja selbst nicht. Mal davon abgesehen: Neidisch wäre ich auch! Doch dass sie mein Leben nicht für lebenswert halten – das tut an einer Stelle weh, die ist ganz tief in mir drin.

Am liebsten würde ich mich in Luft auflösen, oder wie die Meerjungfrauen in Schaum. Auch wenn es für die Ewigkeit ist, Hauptsache, verschwinden. Erschöpft lehne ich die Stirn an die Kabinenwand. Da sehe ich die Buchstaben und rücke ab, um sie lesen zu können.

Careful what you wish you may regret it
Careful what you wish you just might get it

Darunter ist das Logo von Metallica geschmiert, eigentlich nicht meine Musik. Aber die Zeilen haben was, denke ich. Warum eigentlich ich? Sollen die da draußen sich doch auflösen!

Jetzt haut schon endlich ab, denke ich. Beschwöre sie ohne Worte. Geht, lasst mich allein.

Ich denke daran, wie gut es mir geht, trotz allem, in letzter Zeit. Kann schon sein, dass mir irgendwas irgendwann das Leben kaputt macht. Aber die Alopezie tut es nicht. Denn dazu gehören zwei. Ich denke auch an Elias, den Verräter, der sich offenbar abgrundtief schämt. Ob ich dafür sorgen kann, dass es den beiden Lästermäulern da draußen ganz ähnlich geht?

Ganz langsam verschiebt sich etwas in mir.

Ich öffne die Tür, kräftig, bewusst.

»Wisst ihr nicht, dass Jasper bei den Pfadfindern ist?«, frage ich die beiden im Flur. Hoffentlich hören sie nicht das Zittern in meiner Stimme. »*Jeden Tag eine gute Tat!* Mein Glück, dass alte Damen, die man über die Straße begleiten kann, rar geworden sind!«

Mein Haupt erhoben, schreite ich an ihnen vorbei. Ohne zurückzublicken.

*

Es war ein Triumph, aber dennoch kann ich am Abend nicht schlafen. Die fiesen Stimmen flüstern weiter in mein Ohr, säuseln beinahe und halten mich wach. Irgendwo habe ich gelesen, dass es nichts bringt, sich im Bett zu wälzen. Also beschließe ich, im Netz spazieren zu gehen. Vielleicht hat Rose geschrieben, wie es im Hoppegarten bei diesem Wettbewerb war. Der Laptop ist tot; auf der Suche nach meinem Ladekabel stolpere ich am Zimmer meiner Eltern vorbei. Die Tür ist angelehnt.

»Was machst du da, Sabrina?«, fragt mein Vater.

Ich bleibe stehen, weil auch ich wissen will, was Sabrina da macht. Wenn mein Vater danach fragt, muss es was Interessantes sein.

Meine Mutter seufzt.

»Ich versuche rauszufinden, wie ich mit Glatze aussehe.«

Es fällt mir schwer, kein Geräusch zu machen. Ich stelle mir vor, wie meine Mutter vor ihrem mit Keramikfischen dekorierten Schminktisch sitzt. Die Haare aus dem Gesicht gestrichen, mit Klammern befestigt. Vielleicht hat sie auch eine Strumpfhose benutzt, hautfarben und blickdicht.

Ein Warum liegt mir auf der Zunge. Etwas drastischer spricht es mein Vater aus.

»Warum, zur Hölle?«

(Wenn niemand sonst da ist, der es für ihn tut, kann er tatsächlich sprechen. Vor seinen Schülern tut er es ja auch. Vermutlich.)

»Weil unsere Tochter eine Glatze hat, darum«, fährt ihn meine Mutter an. »Weil sie mir leidtut. Weil sie so tapfer ist. Tapferes Kathalein. Weil sie in dieser Familie nicht die Einzige ohne Haare sein soll.« Sie bricht ab. Ist das ein Schluchzen? Bitte, lass es kein Schluchzen sein. »Weil ich sonst nichts für meine Kleine tun kann, verdammt.«

*

Jetzt kann ich erst recht nicht schlafen. Meine Mutter, meine stets gezupfte, gepuderte und perfekt geföhnte Mutter, denkt über eine Glatze nach.

Die Idee ist so bescheuert.

Ich habe sie so lieb.

*

Theas Onkel ist tot. Sie kommt mit verweinten Augen in die Schule, eine Stunde zu spät. Ich weiß nicht, was ich sagen soll – *Aufrichtiges Beileid* klingt nach Floskel, nach etwas, das nur solche murmeln, die nicht wissen, wer Kleiner Onkel war.

»Scheiße, Thea«, sage ich. »Das ist einfach nicht fair.«

Sie schnäuzt sich die Nase.

»Niki ist auf Klassenfahrt.« Ihre Stimme klingt belegt. »Kommst du mit?«

Zuerst weiß ich nicht, wohin. Trotzdem nicke ich, nachdrücklich und entschlossen. Erst später wird mir klar: Thea meint die Beerdigung. Es wird meine erste.

*

In Deutsch kommt es zur Diskussion über Schönheitsideale. Der Anlass ist eine Kurzgeschichte, bei der nicht nur das Ende, sondern auch der Anfang offen ist. Ich verstehe sie nicht. Trotzdem mische ich mich ein. Weil mich das altkluge Gelaber meiner Mitschüler nervt. Heute noch mehr als sonst. Sie tun so tiefsinnig und gesellschaftskritisch und rennen doch jedem Trend hinterher. Von wegen, Schönheit liegt im Auge des Betrachters. Schönheit ist vergänglich, kommt von innen, blabla. Das sagt sich so leicht.

»Was schön ist, bestimmt die Gesellschaft«, weiß Lindy und spitzt ihren gesellschaftlich abgesegneten Mund. Symmetrie in Perfektion.

»Was schön ist, bestimme ich«, sage ich. »Jedem kann man sowieso nicht gefallen.«

Alle sehen mich an, aber da kommt nichts mehr. Weiß ja selbst nicht genau, was in mich gefahren ist. Wieso ich auf cool mache mit einem Mal. Und was das überhaupt bedeuten soll. Was mir noch einfällt, kritzle ich auf meinen Ordner: *Blank is the new black*.

Vielleicht sollte ich mir ein neues Shirt bedrucken.

*

Kaum von der Schule zu Hause, stelle ich mich vor meinen Kleiderschrank. Die Beerdigung ist zwar erst in ein paar Tagen. Aber was ich anziehe, will ich am liebsten jetzt schon entscheiden. Gedeckte Farben, so viel ist mal klar. Das schwarze Etuikleid könnte gehen. Nur habe ich kein passendes Tuch. In der Kommode im Flur finde ich einen dunklen Seidenschal, den wickle ich mir probeweise um den Kopf.

»Bist du die Witwe?«, fragt Henri.

Ich werfe einen Schuh nach ihm.

»Geht das so?«, frage ich meine Mutter am Abend.

Mit so was kennt sie sich aus. Sie nickt und blickt auf den Wandkalender.

»Die Beerdigung ist am Freitag, richtig? Wann geht es denn los?«

»Um zwei«, sage ich. »Da wird es für den Termin zu spät.«

Termine sind immer Arzttermine. Und der, den ich meine, ist schon um vier. Es ist das Vorgespräch für die neue Therapie. Im Internet habe ich gelesen, sie ist erst ab einem bestimmten Alter zugelassen. Ich weiß nicht, ob mir das Angst machen soll.

»Verschiebst du den Termin?«, bitte ich meine Mutter.

»Hab ich schon«, sagt sie und geht zur Tür, um den Müll rauszubringen.

*

Am Abend mache ich mich auf den Weg zu Jasper. Ich habe Thea angeboten, stattdessen etwas mit ihr zu unternehmen. Spazieren gehen, DVD gucken, wonach immer ihr ist. Aber Thea will lieber schlafen, das verstehe ich gut. Weinen macht müde. Also bin ich in mein kurzes rotes Kleid geschlüpft, von dem Henri sagt, es sieht toll aus zu meiner Sommerbräune. Das leuchtend orange Tuch auf meinem Kopf kommt mir jedenfalls weitaus gewagter vor.

Jasper öffnet, kaum habe ich auf die Klingel gedrückt. Als hätte er hinter der Tür auf mich gewartet.

»Wow«, macht er, als er mich sieht.

Wow. Das möchte ich auch am liebsten machen. Jasper ist barfuß. In seiner Jeans steckt ein Geschirrhandtuch, bestäubt mit Mehl. Ich kann nicht erklären, warum, aber der Anblick macht mich irgendwie an. Vielleicht, weil ich den Bund seiner Boxershorts sehe?

Jasper strahlt, drückt mich an sich, und ich bemerke, dass er heute anders riecht; immer noch lecker, nach Oregano und geschmolzenem Käse. Mir zu Ehren hat er Pizza gemacht.

»Ich habe meinem Onkel das Geheimrezept für den Teig abgeluchst«, sagt Jasper stolz und geht vor in die Küche.

»Wegen mir?«, frage ich.

»Ehrlich gesagt bin ich schon länger da hinterher. Aber du, Katha Katharina, du warst das Argument, das bei ihm gezogen hat. Mein Onkel glaubt an die Liebe.« Jasper sieht über seine Schulter zu mir, zwinkert. »So wie ich übrigens auch.«

Die Liebe.

Ich spüre, wie sich meine Wangen färben. Um nichts sagen zu müssen, schiebe ich mir eine Olive in den Mund. Die stehen mitten auf dem Tisch, der ist – wie ich jetzt erst bemerke – nur für zwei gedeckt.

Plötzlich bin ich nervös. Wie waren noch nie allein irgendwo, also: nicht richtig allein. Betont lässig frage ich: »Isst deine Mutter nicht mit?«

Jasper hat sich zwei riesige Ofenhandschuhe über die Hände gezogen. Selbst damit sieht er verführerisch aus. Auf komische Art und Weise. Er schüttelt den Kopf.

»Die offizielle Version ist, dass sie einen Vortrag über Webdesign besucht.« Er grinst. »Die weitaus wahrscheinlichere Version ist, dass sie ein Date hat.«

»Oha«, mache ich und lasse mich auf einen der Stühle sinken. »Weißt du, mit wem?«

Jasper nimmt das Blech aus dem Ofen, wirft einen kritischen Blick darauf.

»Nein«, sagt er. »Aber ich habe eine Vermutung … Meine Mutter besucht neuerdings jedes Hockeyspiel von mir. Für Sport hat sie eigentlich nichts übrig.« Jasper seufzt. »Ich glaube, der Trainer hat es ihr angetan.« »Zumindest hoffe ich, dass es der Trainer ist. Und keiner aus dem Team.«

Bevor ich fragen kann, ob das ein Witz sein soll, stellt Jasper die dampfende Pizza vor mir auf den Tisch.

»Mmh«, mache ich. »Sieht lecker aus.«

Jasper strahlt wie ein Kind und mein Herz geht noch ein bisschen weiter auf. Wer hätte gedacht, dass das möglich ist.

Nach dem Essen. Wir liegen Arm in Arm auf Jaspers Bett. Er erzählt mir von den Beziehungskatastrophen seiner Mutter, von seinem Vater, der zu viel gelogen hat, und ich erzähle ihm von Thea und ihrem Onkel.

»Soll ich dich begleiten?«, fragt er und streicht über meine Wange, über meinen Hals. »Auf die Beerdigung, meine ich?«

Ich überlege einen Moment, dann schüttle ich den Kopf. Thea ist diejenige, die Unterstützung braucht, nicht ich.

»Aber lieb von dir«, sage ich.

»So bin ich«, sagt Jasper und lächelt. Dann nimmt er mein Kinn zwischen Daumen und Zeigefinger und küsst mich. Tiefer als sonst, als wäre er hungrig. Und sosehr ich mir das auch wünsche, ist heute etwas anders. Es fühlt sich nicht richtig an. Bald kapiere ich, dass ich ein schlechtes Gewissen habe. Ich kann nicht anders, als zu denken: Hier liege ich, neben dem tollsten Typen der Welt, der für mich die leckerste Pizza der Welt gebacken hat, und habe einen der wunderbarsten Abende meines Lebens, während Thea zu Hause in ihrem Bett liegt und hoffentlich schläft. Und Kleiner Onkel liegt im Kühlraum, irgendwo in dieser Stadt.

Ruckartig setze ich mich auf.

»Alles in Ordnung?«, fragt Jasper.

Ich nicke, brauche einen Themenwechsel, einen Gedanken- und vor allem auch Aktivitätenwechsel.

»Darf ich deine Bücher angucken?«, frage ich und springe vom Bett.

»Klar«, sagt Jasper, nur kurz enttäuscht. »Du darfst dir alles angucken.« Er schiebt sich einen Arm unter den Kopf, beobachtet, wie ich zum Regal gehe und mit den Fingerspitzen über die Bücherrücken streiche. Er scheint Karl May zu mögen und Kafka. Außerdem alles, was in Entenhausen geschieht. Eine Kombination, die ich in ihrer Merkwürdigkeit nicht zu interpretieren weiß.

»Zufrieden?«, fragt Jasper, leicht amüsiert.

»Irritiert trifft es eher«, sage ich und wandere mit den Fingern über den *Schatz im Silbersee*, der neben Capotes *Grasharfe* steht. Endlich etwas, das ich mag.

»Das habe ich auch gelesen«, will ich gerade sagen, als ich das Album entdecke. Himmelblau, mit gelben Streifen. Genau das hatte ich auch! Meine Eltern haben es mir zum achten Geburtstag geschenkt, alle anderen aus meiner Klasse hatten schon eines. Ohne hinzusehen, weiß ich: Auf der Vorderseite ist eine Sprechblase, in der in Ballonbuchstaben steht: *Meine Freunde.*

Jetzt weiß ich, was ich machen will mit diesem angefangenen Abend. Entschlossen ziehe ich das Album aus dem Regal. *Du darfst dir alles angucken*, hat er gesagt. Da nehme ich ihn mal beim Wort.

»Zeig mal, was hast du da?«, fragt Jasper.

Ich drehe mich um, ein Grinsen im Gesicht.

»Deine Freunde«, sage ich. »Und die gucken wir uns jetzt an!«

*

Mein Vater fährt mich zum Friedhof. Ich habe meine Klamotten bestimmt viermal gewechselt. Dabei ist es Thea egal, was ich trage. Wichtig ist nur, ich bin für sie da. Denn Theas Mutter ist mit Theas Vater beschäftigt und er nur mit sich selbst: Kleiner Onkel war sein kleiner Bruder. Er hat ihm Radfahren und Angeln beigebracht, erzählt er in seiner Rede.

Ich gehe mit Thea und ihrem Bruder bis ans Grab, wir werfen weiße Rosen hinein. Wer es nicht besser weiß, ist sich sicher: Ich gehöre zur Familie. Trauergäste sprechen mir ihr aufrichtiges Beileid aus, ich nehme es verlegen entgegen. Ich bin eine Hochstaplerin, denke ich. Das alles könnte komisch sein, wenn ich mich nicht auf einmal wirklich fühlen würde wie eine Hinterbliebene. Wie eine, die verlassen wurde. Außerdem ist da die Angst zu sterben. Die packt mich ganz plötzlich im Nacken und schüttelt mich durch. Am liebsten würde ich von hier verschwinden, an einen Ort, der laut ist, im besten Fall mit Kindern.

Weil es mein Job ist, halte ich durch. Alles andere wäre auch albern. Es geht nicht um mich, sage ich mir immer wieder. Zur Abwechslung geht es einmal nicht um mich. Und als ich das wirklich verstanden habe, da atme ich auf. Im wahrsten Sinne des Wortes. Die Friedhofsluft schmeckt nicht schrecklich, stelle ich fest. Nach Erde und frischen Blumen. Eigentlich nach Lebendigsein. Fast muss ich lachen. Dabei ist hier jemand gestorben und das viel zu früh! Kleiner Onkel ist tot! Aber sie tut einfach so gut, diese Pause von meinem eigenen Drama, dass es in dem Moment – zum ersten Mal – nicht wie eines scheint.

*

Und dann steht der verschobene Arzttermin an. Unser Vorhaben: Wir informieren uns, völlig unverbindlich, über Risiken und Nutzen der Reiztherapie. In den grauen Linoleumgängen der Klinik erinnere ich mich an das, was Rose zu dem Thema schrieb: *Ich vermute einfach mal, dass alles besser ist als das, was Elisabeth I. sich in ihr dünnes Haar schmierte. Eine Pomade aus Äpfeln und Welpenfett.*

»Wir müssen in den zweiten Stock«, sagt meine Mutter und deutet auf ein Schild an der Wand.

»*Kompetenzzentrum für Haare*«, lese ich vor und denke: Wie gut, dass das *meine* Abteilung ist. Sie ist, letztendlich, harmlos, tut keinem was zuleide.

»Sollte ich jemals einen Friseursalon aufmachen, nenn ich den genau so.«

Meine Mutter sieht mich an.

»Du studierst«, sagt sie und drückt auf den Aufzugknopf. »Du studierst und wirst Professorin.«

In der Stille des Aufzugs spielt sich ein echter Klassiker ab. Mit uns im Aufzug steht ein kleiner Junge mit einem Fleck am Kinn, der bitte hoffentlich nur Schokolade ist. Er zupft an der Hose seiner Mutter.

»Warum hat die da ein Tuch auf dem Kopf?«

Vielleicht nehmen sie in der Kita gerade Rotkäppchen durch.

Die Mutter tut, als habe sie nichts gehört. Sodass der arme Kleine noch mal lauter fragen muss.

»Warum hat die ein Tuch auf dem Kopf?«

Bevor die Mutter etwas sagen kann, springe ich ein.

»Ich habe keine Haare«, sage ich.

Der Junge macht bauklotzgroße Augen.

»Mein Opa hat auch keine Haare. Aber er hat kein Tuch auf dem Kopf.« Da fällt ihm noch was ein. »Mein Opa hat auch keine Zähne.«

»Davon habe ich jede Menge.« Ich lächle ihn an. »Grrr«, mache ich und blecke sie.

»Grrrrrr«, macht der Junge.

»Xaver«, die Mutter.

Ding – wir sind da.

*

Ein Arzt, im Alter meines Vaters, klärt uns auf. Seine Locken sind so lang und kräftig, als wolle er uns von seiner Kompetenz in puncto Haare überzeugen. Ich wünschte, der Kleine aus dem Aufzug wäre hier. Dann wäre alles nicht so ernst. Mit Reiztherapie ist nicht zu spaßen. Sogar eine Einwilligung muss unterschrieben werden – von beiden Erziehungsberechtigten. Das alles weiß meine Mutter offensichtlich längst, die Unterschrift meines Vaters steckt schon in ihrer Handtasche, nur für den Fall der Fälle. Das Ganze ist ein Experiment, betont der Arzt, ein »Heilversuch«, nicht mehr – aber auch nicht weniger. Ob das Medikament wirkt, ist nicht erwiesen. Es ist nicht mal offiziell zugelassen.

»Bei der Therapie geht es darum, dein Immunsystem abzulenken«, erklärt Schillerlocke. »Wir wollen ihm eine Aufgabe geben, die es so sehr beschäftigt, dass es die Haarfollikel nicht weiter angreift.«

Deshalb wird eine Allergie erzeugt. Mit einem Mittel, dessen Namen ich mir nicht merken kann. Wichtig ist nur, es sorgt für ein »mildes Ekzem«, eine »leichte Rötung«. Das hält zwei, drei Tage an. Kein Grund zur Beunruhigung, das muss so sein. Aber anfassen soll ich hier in diesem Zimmer sicherheitshalber bitte nichts.

»Willst du sofort loslegen?«, fragt der Arzt. »Es dauert meistens mehrere Sitzungen, bis man die richtige Konzentration ermittelt hat. Dann bekommst du eine Lösung mit nach Hause, die du selbst auftragen kannst … Wenn du dir dabei von deinen Eltern helfen lässt.« Er blickt auf seine Armbanduhr. »Was meinst du? Es würde gerade noch passen.«

Meine Mutter und ich tauschen einen Blick. Ich versuche ihn zu deuten.

»Sofort loslegen«, sage ich.

Meine Mutter nickt.

»In Ordnung«, sagt der Arzt. »Aber nicht vergessen: Dein Kopf darf jetzt erst mal nicht direkt an die Sonne.«

Der ist gut! Als bekäme mein stets tuchversteckter Schädel jemals Tageslicht zu sehen.

*

Während die Lösung aufgetragen wird – der Arzt zieht sich extradicke Handschuhe an –, denke ich wieder an den Doktor-Doktor, der mir zu Hobbys riet. Kann ein Freund ein Hobby sein? Jedenfalls haben Jasper und ich für Langeweile keine Zeit. Es gibt zu vieles, das wir rausfinden müssen. Die richtigen Körperstellen, klar, aber auch Lieblingseis, Lieblingsfilm und Lieblingsgetränk.

Ja, wir ackern sein *Meine Freunde*-Album Frage für Frage

durch. Jede einzelne ein willkommener, herbeigesehnter Anlass zur Diskussion. Es ist wunderbar, sich wegen Belanglosigkeiten zu necken – die in dem Moment die Welt bedeuten.

Wirklich, man kann sagen, Jasper und ich reden über alles.

Lüge. Es gibt ein Thema – mein Thema –, das wir stets umschiffen. Jasper und ich sind talentierte Steuermänner. Nicht mal über die neue Therapie weiß er Bescheid.

*

Nach der Behandlung empfängt mich meine Mutter mit einer Flasche Cola.

»Oder willst du was essen? Ich habe auch was zu essen. Da war ein Automat.« Sie fuchtelt mit der Hand den Gang entlang. Dort sitzen die Patienten, die noch auf ihre Behandlung warten. Zwei mit Glatze, einer mit Hut und ein Mädchen mit prächtigem Haar, wie gesponnenes Gold. Wahrscheinlich eine Perücke, denke ich und bin dennoch neidisch. Da fällt mir auf, dass die Plätze links und rechts neben dem Mädchen frei sind. Sie ist jünger als ich und alleine hier. Und was ist, wenn sie Hunger bekommt? Hat ihr wenigstens jemand ein Brot geschmiert und in die Tasche gepackt? Ich sehe zu meiner Mutter, auf einmal bin ich so froh, dass sie meine ist. Sie und keine andere. Wie aufgedreht sie ist!

Als hätte ich gerade im Kreissaal nebenan ein Kind geboren. Wahrscheinlich, weil meine Mutter sich so viel von der Behandlung erhofft. (Es ist schließlich so ziemlich die letzte, die man machen kann.) Oder, weil meine Mutter nicht vergisst: Das auf meinem Kopf ist kein zugelassenes Medikament. Weder die Nebenwirkungen noch die Langzeitfolgen sind wirklich erforscht. Die Krankenkasse gibt auch nichts dazu. Aber mein Aussehen ist es uns wert. Trotzdem: Wer sieht seine Tochter schon gern als Versuchskaninchen?

»Tut es weh?«, fragt sie.

Ich schüttle den Kopf.

»Es juckt auch nicht?«

»Der Arzt hat gesagt, das fängt erst in ein paar Stunden an.«

Meine Mutter atmet schwer aus und hält mir einen Riegel hin. Mars. Das mochte ich noch nie.

»Danke«, sage ich und meine nicht den Schokoriegel. Ehrlich überrascht sieht meine Mutter mich an. Was muss ich widerlich gewesen sein, wenn schon die zwei Silben sie zum Lächeln bringen. Ich packe den Riegel aus und beiße rein.

»Mama, du hast echt schöne Haare«, sage ich mit viel zu viel Schokolade im Mund. »Du könntest sie wachsen lassen.«

»Meinst du?« Meine Mutter fasst an ihren Bob, der sich seit Jahren bewährt.

»Ja, vielleicht kannst du dir für den Übergang ein paar Stufen schneiden lassen … Ich habe letztens in einer Zeitschrift so was gesehen, das wäre super für dich.« Ich versuche, das Karamell von meinen Zähnen zu pulen. Ohne Erfolg.

»Wenn du willst, komm ich mit zum Friseur, als dein Styleguide.«

Mache eine Geste, direkt von Die-Scheren-sind-beim-Schleifer-Andy abgeguckt. Meine Mutter lacht.

»Das würde mich freuen«, sagt sie, drückt meine Hand und ich zieh sie nicht weg. »Das würde mich sehr freuen. Lass uns das machen.«

*

Genau sechs Stunden später geht es los. Ein Jucken, das sich nicht ignorieren lässt. Es erinnert mich an mein Gipsbein in der dritten Klasse. Was hat es gekitzelt an meiner Wade! Was habe ich im Gips gestochert, mit Bleistift, Lineal, Stricknadel. (Von dem Brotmesser ließ ich schnell die Finger nach einem missglückten Versuch.) Kurz vor dem Schlafen rubble ich mir mit einem Handtuch über den Kopf. Das ist bestimmt verboten.

Fünfzehn

Von meinem Vater, dem Komödien- und Tragödienkenner, weiß ich: Die Fallhöhe ist entscheidend. Meine ist nach diesen Wochen mit Jasper beinahe Guinness-Buch-reif. Schwindlig sollte mir sein! Obacht sollte ich geben! Auf der Hut sein. Vorbereitet.

Aber dann stolpere ich völlig unerwartet.

Ich stürze ab.

Ich stürze tief.

Es beginnt mit einem blauen Auge. Das genau genommen ein dunkelrotes ist. Mich anblinzelt, ziemlich geschwollen und verschämt.

»So ein Hockeyschläger kann ganz schön wehtun«, sagt Jasper und zieht mich in sein Zimmer, an den Augen seiner Mutter vorbei. »Die ist heute nicht gut drauf«, murmelt er.

Ich küsse Jaspers Wange, so zart, wie es nur geht. Er lacht. »Ein bisschen mehr vertrage ich schon.«

»Dein Trainer muss besser auf dich aufpassen«, sage ich. »Wie ist das denn passiert?«

Jasper zuckt mit den Schultern.

»Wie es halt so passiert.«

Ich will nachfragen. Nur: Dabei küsst es sich so schlecht.

*

Auf dem Heimweg ruft mich Charlie an.

»Ich hab es gerade erst gehört!« Sie klingt ziemlich aufgebracht. »Wurde er wirklich suspendiert?! Das ist so bad ass! Daniel hat angeblich einen Schneidezahn verloren. Braucht wohl ein Implantat.«

Ich komme kaum hinterher.

»Daniel?«, frage ich. »Hat der sich auch beim Hockey verletzt?«

»Hockey? Wer redet denn vom Hockey?«

»Jasper hat im Training einen Schläger abgekriegt.«

»Einen Schläger«, wiederholt Charlie. »Beim Training.«

Einen wunderbaren Moment lang ist Stille.

»Ah, kapiert. Das ist also die offizielle Story? Na, wenn er meint, dass er damit durchkommt. Richte deinem Süßen aus, dass er sich das nächste Mal meinen Ex vornehmen soll … Michael, nicht Anton! Auf keinen Fall Anton, der war süß!«

Mein Gehirn arbeitet langsam, aber es arbeitet. Als es schließlich zu seinem Ergebnis kommt, mache ich auf dem Absatz kehrt.

*

»Katha Katharina, hast du schon Sehnsucht? Oder nur was vergessen?«

Jaspers heiles Auge blinzelt mich fröhlich an. Ich funkle zurück.

»Warum sagst du mir nicht, was wirklich passiert ist?«

Jasper fasst an seine Wange.

»Du meinst das da?«, fragt Jasper. »Hab ich doch … Ich hab einen Schläger abgekriegt.«

Ich stemme die Hände in die Hüften. »Warum guckst du mir dann nicht in die Augen? Du guckst mir aufs Kinn!«

»Du hast eben ein besonders schönes Kinn.«

Jasper nimmt meine Hand, ich lasse mich in sein Zimmer führen. Seine Hände starten ein Ablenkungsmanöver, aber das lasse ich nicht zu. Nicht noch einmal.

»Jetzt erzähl schon!«, sage ich.

Und das tut er, stockend, zögerlich.

Hätte ich doch nie gefragt.

*

Was er mir erzählt, lässt mich zittern. Nach einer Doppelstunde Sport ruft Daniel durch die Umkleide: »Hey, Bergemann, sieht deine Lady untenrum eigentlich genauso aus wie obenrum?«

Jasper nickt.

»Klar. Augen, Nase, Mund. Alles da.«

Die Antwort irritiert Daniel wenigstens für einen Moment. Dann: »Komm schon, Bergemann! Es interessiert nicht nur mich.«

Jasper geht nicht darauf ein, schlüpft schweigend in seine Schuhe. Einfach nur rausgehen, denkt er. Bloß nicht provozieren lassen.

»Also *weißt* du es nicht!« Daniel dreht sich zu den anderen um. »Ich hab es euch doch gesagt, Jungs. Da läuft nix zwischen den beiden. Sie spielen bloß ein bisschen Vater, Mutter, Kind … Wer ist eigentlich wer?«

»Pass auf, was du sagst«, zischt Jasper.

Daniel lächelt.

»Und du, mach dich locker. Es muss dir nicht peinlich sein, dass da nichts läuft. Selbst ich würde da keinen hochkriegen. So, wie die aussieht.«

Er will Jasper tröstend auf den Rücken klopfen. Das ist zu viel. Was folgt, sind zwei Schläge. Der erste trifft Daniel auf den Mund, der zweite landet in Jaspers Gesicht und geht vor dem Direx als Verteidigung durch. Das Ergebnis: Nur Jasper wird vom Unterricht suspendiert.

*

Mit einem zur Maske erstarrten Gesicht stehe ich auf.

»Katha, alles in Ordnung?«

Jasper versucht, mich festzuhalten, und merkt, dass nichts in Ordnung ist.

»Scheiße«, flüstert er. »Scheiße. Ich hätte nicht – ich dachte, du wüsstest das alles schon … verdammt, du hast gesagt, ich soll nicht lügen. Und ich wollte nicht den gleichen Fehler wie mein Vater –« Jasper bricht ab. »Ich hab dir ja erzählt, der hat gelogen, sobald er den Mund aufgemacht hat – Mann, Katha. Ich bin so ein Idiot. Es tut mir leid.«

Ich winke ab.

»Katha, bitte sag was.«

»Hab gleich ’nen Arzttermin.« Eine Lüge, aber das kann er nicht wissen. Ein Wort mehr und meine Stimme bricht, dann flenne ich los. Das ist alles so furchtbar. So demütigend. Reden die anderen wirklich so über mich?!

Als könnte er Gedanken lesen, sagt Jasper:

»Daniel ist ein Spinner. Der hat nicht mal Freunde. An dem Tag hat er einen Ball nach dem anderen verschossen. Der wollte einfach Dampf ablassen. Glaub mir, auf sein Gerede gibt niemand was.«

Doch, denke ich. Jemand gibt etwas darauf.

Ich.

Sechzehn

Drei Tage später bricht das Feuer aus. Mein Kopf steht in Flammen. Ich muss zum Arzt, denke ich. Am besten direkt 112 wählen, mich einliefern lassen. Auf eine Narkose bestehen. Eine Amputation. Egal. Hauptsache, dieses Brennen hört auf.

Ich bin allein zu Hause. Also tief einatmen, ausatmen und ein Mantra versuchen. *Das ist nur eine Allergie. Nur eine Allergie und sonst nichts. Das soll so sein.* Das hat Schillerlocke heute wieder betont. Es war unsere zweite Sitzung, er hat die Konzentration der Lösung leicht erhöht, war mit dem Ergebnis bisher nicht zufrieden. Ich überlege: Sind Menschen an allergischen Reaktionen nicht schon gestorben?! Gibt es nicht so was wie einen allergischen Schock?!

Bloß nicht durchdrehen jetzt. Ablenken. Hätte ich ein Hobby, könnte ich Maschen zählen, Cupcakes backen, Modellflugzeuge bauen. Aber ich habe nur Jasper und dem kann ich zurzeit nicht mal in die Augen sehen. Zu viel wirbelt in meinem Kopf herum. *Vielleicht wird er bezahlt. Vielleicht will er sie retten. Ohne Haare bist du nichts. Ich würde auch keinen hochkriegen. So, wie die aussieht.* Die Gedanken der anderen, schon klar. Aber was denkt eigentlich er? Wir haben nie darüber gesprochen, kein einziges Wort.

*

Auf einmal stehe ich in meinen Chucks vor dem Haus, das leichteste Tuch um den Kopf gebunden. Und dann laufe ich los, der Dämmerung entgegen. Laufen, einfach laufen. So schnell, dass der Kopf abkühlt. So schnell, dass der Schmerz abgehängt wird und bald auch die fremden Gedanken. So schnell, dass mein Spiegelbild in den Schaufensterscheiben verwischt.

Die Idioten bleiben links und rechts zurück.

»Da hat es aber jemand eilig!«

»Darf ich mitkommen, Süße?«

»Keine Chance, die ist Moslem. Guck doch hin!«

Sprüche, die mich nicht kümmern. Nicht jetzt.

Einatmen, ausatmen. Mit den Ballen drücke ich mich vom Boden ab, fliege für einen Moment und komme sicher wieder auf. Am Anfang fehlt der Rhythmus. Aber ich laufe weiter. Laufe, bis ich zum Fuchs, nein, zum Geparden werde. Ein Gepard mit Flügeln und Bärenkraft. Ich kann alles sein, denke ich. Auch jetzt noch. Gerade jetzt.

Laufen.

Etwas, wo du ganz bei dir bist.

Etwas, wobei ich meinen Körper spüre. Etwas, wobei ich feststelle: Mein Körper besteht aus so viel mehr als einem blanken Kopf. Da sind noch Füße, Waden, Oberschenkel. Da sind eine Hüfte, ein Bauch, eine Brust. Da sind Arme und

Hände. Ein Hals. Eine Lunge, die atmet. Ein Herz, das pumpt. Bisher habe ich das alles nur gespürt, wirklich gespürt, wenn ich bei Jasper lag. Fürs Laufen brauche ich ihn nicht. Nur mich, nur meinen Körper. Ich kann kaum fassen, wie stark er ist. Wie stark ich bin. Ich bin genau hierfür geschaffen. (Erinnerung an Physik kommt auf. Ist man vielleicht sogar schneller, ohne Haare, ohne Widerstand?) Dass ich nicht vorher darauf gekommen bin.

*

Schwitzen ohne Augenbrauen macht keinen Spaß. Ich halte an, um meine Stirn zu trocknen, da sehe ich Karstadt Sport. Ein Blick auf die Schuhe an meinen Füßen, und es ist klar: Ich kaufe neue, jetzt sofort, irgendwas Nahtloses und Federleichtes mit Zwischensohlen, Gel und einem Special Effect. In Lila und Blau.

»Mit Karton?«, fragt der Verkäufer.

Ich schüttle den Kopf.

»Tüte auch nicht. Ich lass die gleich an.«

Auf dem Tresen bleibt zurück: ein Paar verdatterte Chucks.

Erst auf der Straße spüre ich, wie meine Waden brennen. Ein guter Schmerz, denn auch er lenkt ab vom Flammenkopf und das, ohne mir zu schaden. Oder hat sich meine Haut beruhigt? Nicht darüber nachdenken, einfach hinnehmen. Dieser blöde Schweiß läuft noch immer in die Augen. Ich suche nach einem Taschentuch und finde mein Handy. Wähle wie von selbst Jaspers Nummer, ohne nachzudenken. Weil er derjenige ist, dem ich sagen will: »Laufen, ich habe das Laufen entdeckt!«

Außerdem ist da noch was anderes, das mir klar wurde, unterwegs.

Er hebt sofort ab.

»Katha!«

»Jasper«, sage ich.

»Ich freu mich so, dass du anrufst. Ich – es tut mir leid. Ich hätte einfach meine Klappe halten sollen, wir hätten darüber nicht reden sollen.«

»Nein«, sage ich und hole Luft. Bin plötzlich wieder außer Atem. »Ich meine, es war nicht besonders sensibel, mir die ganzen Details zu erzählen. Aber die Sache ist doch die: Wir müssen mehr reden, *darüber*. Es ist natürlich praktisch zu wissen, dass deine Lieblingsfarbe Neongrün und deine Lieblingseiskombination Schokolade-Nuss ist –«

»Schokolade-Pistazie.«

»Schokolade-Pistazie. Aber wenn ich abends im Bett liege, dann frage ich mich nicht, ob du deine Eisportion eigentlich lieber in der Waffel oder im Becher hättest, sondern –«

»Sondern?«

Er spricht so leise, als wüsste er, was kommt.

»Sondern ob du lieber eine Freundin mit Haaren auf dem Kopf hättest.«

Ich halte das Handy fest umklammert, jetzt ist es raus.

»Hmm«, macht Jasper.

Hmm?

»Jetzt ist der Moment, in dem du meine Frage beantwortest.« Das Zittern in meiner Stimme kann ich nicht überspielen. »Hättest du lieber eine Freundin mit Haaren auf dem Kopf?«

»Ja«, sagt Jasper. »Ja, das hätte ich.« Eine Sirene kommt näher und entfernt sich wieder. Ein Penner rempelt mich an. Einen Moment lang weiß ich nicht, wo ich bin. Ich schlucke, aber er will nicht aus meinem Hals verschwinden, der Kloß mit den besten Wachstumsbedingungen. *Ja. Ja*, hat er gesagt, natürlich hat er *Ja* gesagt.

»Ich meine, ich hätte *dich* lieber mit Haaren. Weil, na ja, weil ich einfach mal schwer davon ausgehe, dass du lieber Haare hättest.«

Der Kloß beginnt sich ganz langsam aufzulösen; er scheint aus angestauten Tränen zu bestehen.

»Ich stelle es mir auch schön vor, neben dir zu liegen und dir den Pony aus dem Gesicht zu streichen«, spricht Jasper weiter. »Aber mindestens so gern küsse ich deine Ohren. Und dein besonders schönes Kinn.«

»Ich hätte keinen Pony«, lachweine ich. »Und was habt ihr Jungs immer nur mit dem Haare-aus-dem-Gesicht-Streichen?«

»Keine Ahnung«, sagt Jasper. »Wahrscheinlich ist es nur ein Vorwand, euch anzufassen ...« Irgendwas an seinem Ton ändert sich. »Wo bist du gerade?«

»Bei Karstadt.«

»Bei Karstadt?«

»Ich habe mir eben die schönsten Turnschuhe der Welt gekauft. Willst du sie sehen?«

»Aber unbedingt!«

In zwanzig Minuten bin ich zu ihm gelaufen. Mein Herz pocht schnell aus unglaublich vielen Gründen.

*

Das Veilchen in Jaspers Gesicht hat sich gelb gefärbt, erinnert an eine zermatschte Aprikose.

»Du solltest eine Augenklappe tragen«, sage ich.

»So schlimm?«, fragt er und blinzelt.

»Nein«, sage ich. »Schlimmer.«

Er lacht, nimmt mich in den Arm und gibt ein Geräusch von sich, das nach zufriedenem Kater klingt.

»Weißt du, was das Blödeste an der Suspendierung ist, Katha Katharina?«

Ich schüttle den Kopf.

»Dass ich dich dann immer nur nachmittags sehen kann … Das heißt sehen *könnte*. Du hast mich ja nicht besucht. Und auf meine Anrufe hast du auch nicht reagiert.«

»Ich bin doch jetzt da!«

»Ja, jetzt, endlich! Nach einer halben Ewigkeit! Ich bin deiner Willkür völlig ausgeliefert.« Der Vorwurf ist gespielt, klar, aber der berühmte Funke Wahrheit ist auch dabei. »Du hast mir wirklich gefehlt, Katha Katharina. Du weißt gar nicht, wie sehr.«

Ich schmiege mich an seinen Oberkörper, das heißt: Du mir auch.

»Und so verschwitzt, wie du gerade bist, gefällst du mir ganz besonders.«

»Ich bin nicht verschwitzt.«

»Oh, doch und wie.« Er schnuppert an mir, bis ich lachen muss.

»Du könntest mir verraten, wie du die letzten Tage verbracht hast«, murmelt Jasper in mein Ohr.

Ich löse mich aus der Umarmung, lasse mich auf sein Sofa fallen, zieh ihn neben mich.

»Lass mal überlegen. Vorgestern war dieses Date mit diesem Musiker. Gestern habe ich in der Bahn einen Medizinstudenten kennengelernt und vorhin war ich mit einem –«

Jasper greift sich mit beiden Händen an die Brust, lässt sich hochdramatisch vom Sofa sinken.

»Mein. Herz.« Er ächzt. »Ich glaube, es … bricht.«

Lachend hieve ich ihn wieder hoch. Er ist ganz schön schwer. (Das sind die Muskeln.)

»Ehrlich gesagt: Ich habe die ganze Zeit mit Thea und Charlie abgehangen. Letztere hat versucht, mich davon zu überzeugen, dass es was hat, wenn ein Typ sich für einen prügelt. Sie findet es romantisch.«

Jasper hebt die Augenbrauen.

»Nur romantisch?«

Ich seufze.

»Okay, zugegeben, sie findet es heiß.«

»Ist es das denn?«, fragt Jasper und beginnt meinen Hals zu küssen. »Heiß?«

»Nein. Es ist bescheuert«, sage ich und rücke ab. »Vor allem, wenn man sich erwischen lässt.« Jasper kann es nicht wissen, aber eben kam er meinem Tuch zu nah. Da ist nicht nur die Angst, dass es verrutscht. Da ist auch die Angst vor dem Schmerz, es glimmt noch unter meiner Haut. Kaum ist der Abstand wiederhergestellt, fehlt mir seine Nähe. Ich lehne mich an Jasper und drapiere seinen Arm um mich.

Bringe uns in die richtige Position für das überfällige Gespräch.

»Ich habe eine neue Therapie angefangen«, sage ich. »Gegen den Haarausfall.«

Jasper wartet darauf, dass ich weitersprechе.

»Es fühlt sich an, als würden die meinen Kopf mit Tabasco einreiben.«

»Klingt nicht gut«, sagt er.

»Ist es auch nicht«, sage ich. In dem Moment erst weiß ich: Das ist es ganz und gar nicht. Die Therapie mag für andere genau das Richtige sein. Aber nicht für mich. Ich will meine Zeit nicht mehr in Warte- und Behandlungszimmern verbringen. Die Einsicht kommt so überraschend, dass ich hektisch blinzeln muss. Und Jasper? Der weiß wieder einmal was ich denke. Wieso sollte er sonst diese eine Frage stellen:

»Warum machst du es dann?«

Ich zucke mit den Schultern.

»Weil ich gerne Haare hätte? Außerdem … meine Mutter hat sich so für mich eingesetzt. Ärzte gesucht, nach Therapien recherchiert.«

»Und?«

»Ich glaube, sie erwartet das.«

Kann sein, dass ich meine Mutter vorschiebe. Die richtige Antwort wäre: Weil ich nie auf den Gedanken gekommen bin, dass mir eine Wahl zusteht. Oder fürchte ich mich davor, Verantwortung zu übernehmen? Verantwortung für mich selbst?

»Es ist dein Körper«, sagt Jasper.

»Schon. Klar. Aber es gibt ja Leute, die müssen mich jeden Tag angucken. Du zum Beispiel.«

»Ha!«, macht Jasper und sieht mich an, als hätte er mich bei irgendetwas erwischt. »Es wäre schön, wenn ich dich jeden Tag angucken *dürfte*. Vielleicht muss ich dich erinnern, Katha Katharina: Du hast dich tagelang nicht blicken lassen.«

Statt darauf einzugehen, greife ich nach seiner Hand. Lege Fingerspitzen an Fingerspitzen.

»Wäre es für dich denn okay, wenn ich die Therapie sausen lasse?«

Jasper verzieht den Mund.

»Ob es *für mich* okay ist, wenn dein Kopf nicht mit scharfer Soße eingerieben wird? Ähm, ich denke schon … Moment …« Er reibt sich das Kinn. »Ja, doch, das ist es.«

»So einfach ist es nicht«, sage ich und sehe ihn an. »Es bedeutet: Die Wahrscheinlichkeit ist ziemlich hoch, dass du noch eine ganze Weile eine glatzköpfige Freundin haben wirst.«

»Prima«, sagt Jasper. »Ich bin nicht der Typ für kurze Geschichten.«

»Du hast so schöne Haare«, murmle ich und schiebe eine freche Locke hinter sein Ohr. Halte inne, weil mir ein alter Gedanke kommt. »Darf ich deine Haare lieben? Ich meine … wenn ich selbst keine habe?«

Jasper zuckt mit den Schultern, streicht über den Saum meines T-Shirts.

»Darf ich deine Brüste lieben? Ich meine … wenn ich selbst keine habe?«

*

Immer wieder komme ich auf das Thema zurück und Jasper scheint es nicht zu stören. Er dreht sich mit mir im Kreis, so lange, bis es mir wirklich reicht.

»Aber was ist, wenn es eine gäbe, die dir genauso gut gefällt wie ich und die noch Haare hat?«, frage ich ihn, bei einem Spaziergang am See. Es ist einer dieser lauen Abende, die den Sommer zu meiner liebsten Jahreszeit machen.

»Kann es sein, dass du zur Abwechslung mal diejenige bist, die den Konjunktiv durcheinander bringt?«

»Kann es sein, dass du gerade ablenkst?«

Jasper sieht mich an. Wenn ich mich nicht täusche, spiegelt sich in seinen Augen das Wasser. Ich könnte mich verlieren darin.

»Tut mir leid. Du hast recht. Ich … ich habe einfach Angst, das Falsche zu sagen.«

»Das Falsche gibt es nicht«, sage ich.

»Klar gibt es das. Das gibt es immer.« Seufzend hebt Jasper einen flachen Stein vom Boden und steckt ihn in seine Tasche. Dann lächelt er schon wieder. »Aber ich halte mich einfach weiter an die Wahrheit, richtig?«

Ich nicke.

»Also, du willst wissen, was wäre, wenn mir eine Frau auffällt, die genauso ist wie du, aber Haare hat – quasi als Sahnehäubchen obendrauf?«

Er kann es einfach nicht lassen, Witze zu machen. Und ehrlich gesagt mag ich das. Es macht alles einen Hauch leichter.

»Eine, die genauso ist wie ich.« Ich nicke. »Genauso lustig, schräg oder was immer es ist, was dir an mir gefällt.«

»Du hast ein paar Adjektive vergessen«, sagt Jasper. »Clever, schön, sexy …« Er zieht mich auf eine Bank am Ufer, auf seinen Schoß. Ich kann spüren, wie seine Brust sich hebt und senkt, und vielleicht spüre ich auch noch was anderes. Sexy, hat er gesagt. Bald atmen wir im gleichen Rhythmus. »Ehrlich gesagt fallen mir keine anderen Frauen auf. Aber wenn *du* so eine triffst oder träfest, werde ich sie auf deinen Wunsch hin gern einer genauen Prüfung unterziehen. Eines kann ich dir aber jetzt schon sagen: dass sie nicht genauso sein wird wie du. Das kann sie gar nicht.«

Ob er meint, weil mich die Alopezie zu jemand anderem gemacht hat? Weil ich nur durch den Haarausfall bin, wie ich bin? Vielleicht hat das Ganze mich nicht nur unglücklich gemacht. Sondern auch lebensklug, oder sagen wir, einen Hauch lebensklüger, gelassener oder toleranter?! Keine Ahnung, ob das stimmt. Jedenfalls fühle ich mich nicht wie ein lebendig gewordener Glückskeks, allwissend und allzeit bereit, anderen gute Ratschläge zu erteilen. Im Gegenteil, mir ist eher klar geworden, was ich alles nicht weiß. (Aber auch, dass das in Ordnung ist. Zumindest meistens. Irgendwie.) Davon mal abgesehen: Soll ich der Scheißkrankheit jetzt etwa auch noch dankbar sein? Keine Chance. Ich schließe die Augen, weil die Augen zu sein müssen für das, was jetzt kommt. Denn eine drängende Frage ist da noch, so albern sie auch sein mag.

»Willst du es denn wissen?«

»Was?«, murmelt Jasper. »Was will ich wissen?«

»Wie ich aussehe … Untenrum.«

Ich hoffe, es klingt locker dahingesagt. Albern will ich es aussprechen, ein bisschen ironisch-verführerisch. *Untenrum.* Mich dabei lustig machen über jemanden wie Daniel, der so ein bescheuertes Wort benutzt.

»*Alles* will ich wissen«, brummt Jasper in mein Ohr, dass es tief in mir noch vibriert. »Wie du aussiehst. Wie du dich anfühlst. Wie du riechst. Wie du schmeckst.«

Was ein Glück, dass ich ihn nicht ansehen muss in diesem Moment. Lehne einfach weiter an seiner Brust, spüre, wie sie sich hebt und senkt. Ob Jasper ahnt, was es mit mir macht, so was aus seinem Mund zu hören? Dem Mund, mit dem er mich schmecken will?

»Vorerst«, sagt Jasper und streckt sich vorsichtig und kramt den Stein aus seiner Tasche, »vorerst würde es mir allerdings völlig genügen zu wissen, ob du diesen Stein öfter als fünf Mal springen lassen kannst. Das ist mein Rekord.«

Nichts leichter als das. Das Problem ist nur: Mir genügt es nicht.

*

Ab jetzt gehe ich jeden Abend laufen. Immer öfter auch morgens, wenn es noch dunkel ist. Nicht, um zu vermeiden, dass mich jemand sieht. Sondern weil mir die Luft besser scheint, klar und frisch. Es ist merkwürdig, aber: In der Dunkelheit, die mich früher manchmal ängstigte, fühle ich mich jetzt nur umso kräftiger. Wie ein Tier, dem keiner was kann. Keine Ahnung, woran das liegt. Möglicherweise, weil ich mir vorstelle: Ich habe allen anderen was voraus.

»Nimmst du mich morgen mal mit?« fragt Jasper am Telefon. Da komme ich gerade von meiner Runde zurück. Ich ziehe mir das Schweißband vom Kopf.

»Nein«, sage ich.

Jasper darf vieles. (Wenn er mag, darf er in den Winterferien zum Beispiel mit in die Berge, zum Snowboardfahren lernen. Charlie kommt auch.) Aber mit mir laufen darf er nicht. Darf keiner. Das Laufen gehört nur mir. Ich brauche etwas, das nur mir gehört. Der Doktor-Doktor kann es Hobby nennen. Ich weiß nur: Wenn ich laufe, bin ich ganz bei mir. In guter Gesellschaft.

*

Schnittstelle steht in weißer Leuchtschrift über der Tür.

Wieder so ein Name, der versucht, besonders zu sein. Wie wäre es zur Abwechslung mal mit einem Friseur, der sich einfach nur *Der Friseur* nennt?

Über die *Schnittstelle* hat meine Mutter jedenfalls nur Gutes gelesen, die Erfahrungsberichte im Netz sind besser als die von der hoch gelobten *Krehaartion*. Ja, auch Wortspiele können schmerzhaft sein. Für meine Mutter ist der Salonwechsel ein großer Schnitt, pardon: Schritt. Obwohl sie gleich zwei Styleguides dabeihat, Tiffi und mich. Wir reden ihr gut zu.

Kaum sind wir drinnen, stellt eine Frau mit Marge-Simpson-Haar einen Cappuccino vor mir ab. Ein Mitleidsdrink. Wusste ich es doch; sie hat mich schon durch das Fenster so angesehen! Wahrscheinlich denkt sie, ich sterbe demnächst. Ich schüttle den Kopf, gebe ihr die Tasse zurück.

»Ich hab keinen Krebs«, sage ich. So höflich wie möglich.

»Wie bitte?«

Große Augen sehen mich an, rund um die Iris zeichnen sich Kontaktlinsen ab.

»Ich hab keinen Krebs«, sage ich noch einmal. »Und wenn ich Krebs hätte, würde ich wahrscheinlich auf Koffein verzichten.«

»Katha«, sagt Tiffi sanft, und da sehe ich: Auch für sie und meine Mutter ist ein milchbeschaumtes Getränk vorgesehen.

Ich laufe rot an.

»Nein, mein Schatz«, sagt eine Stimme neben mir. Sie gehört zu einer alten Dame, auf ihrem Kopf der Rest einer lila Wolke. »Da liegst du falsch. Kaffee darf man trinken. Angeblich schützt er sogar vor manchen Krebsarten.« Sie kichert. »Na, hätte ich mal mehr getrunken.«

Meine Mutter verzieht keine Miene. Erst beim Gehen flüstert sie, mit einem Lächeln in der Stimme: »Du weißt schon, was das war? Verdammt peinlich.«

Um die gelungene neue Frisur zu feiern, wollen wir noch was Bestelltes und Bezahltes trinken. Bei Hubermann an der Ecke gibt es Kaffee und Sacher für alle. Als Tiffi zur Toilette geht, scheint der geeignete Zeitpunkt gekommen. Jetzt sage ich meiner Mutter, was ich schon lange sagen will:

»Mama, ich mache die Reiztherapie nicht weiter. Auf meiner Haut sind eklige Blasen, manche bluten sogar.«

Ich habe mir eine Reihe von Argumenten überlegt, sogar ins Handy getippt, um sie nicht zu vergessen.

»In Ordnung«, sagt meine Mutter und nickt. »In Ordnung. Ich ruf gleich morgen in der Klinik an.«

Fast fällt mir ein Stückchen Kuchen aus dem Mund.

»Das ist alles?«, frage ich. Keinerlei Diskussion? Nimmt sie das wirklich einfach so hin?

»Wie meinst du das?«

»Willst du mich nicht überreden?«

»Was, warum sollte ich das tun?«, will meine Mutter wissen.

Ich zucke mit den Schultern.

»Keine Ahnung … weil Aufgeben dumm wäre?«

»Katha«, sagt sie. »Katha-Liebling, du gibst doch nicht auf. Du triffst eine Entscheidung. Das ist das Gegenteil von Aufgeben. Das nennt man Sein-Leben-in-die-Hand-Nehmen.«

Ich sehe aus dem Fenster, an meiner Mutter vorbei. Bin ich die, die auszog, das Entscheiden zu lernen?

»Du magst mich auch so?«

Meine Mutter ergreift meine Hände.

»Katha, als ich dich geboren habe, hattest du auch keine Haare auf dem Kopf. Ich mochte dich sofort. Du warst die gelungenste Tochter der Welt. Und die bist du immer noch. Frag deinen Vater. Der sieht das genauso.«

Ich weiß nicht, ob ich meinen Vater ausgerechnet das fragen werde. Aber ihn dazu bringen, mit mir zu sprechen, das werde ich bestimmt. Schweigen ist nicht immer goldrichtig. Vielleicht schlage ich ihm vor, gemeinsam ins Theater zu gehen. Für Shakespeare ist er immer zu haben. Irgendeine Überleitung finde ich schon, von Hamlets Themen zu meinen.

»Du kannst dir gar nicht vorstellen, wie lieb ich dich habe«, seufzt meine Mutter. »Aber manchmal denke ich wirklich, du hast sie nicht mehr alle.« Sie schüttelt den Kopf. »Dich überreden! Was für ein Schwachsinn! Hätte ich nicht so gute Laune, ich wäre wirklich beleidigt.«

*

Auf dem Heimweg setzen sie mich bei Jasper ab. Denn er und ich, wir beide haben noch etwas zu tun.

»Kannst du mir mal mein Handy geben?«, frage ich mittendrin.

»Jetzt?«, fragt Jasper. Ein besorgter Blick.

»Ich will nur eben Daniel anrufen«, sage ich schnell. »Du weißt schon. Damit du ihm sagen kannst, wie ich aussehe …«

Mein Lieblingslächeln blitzt auf, dann taucht Jasper wieder zwischen meinen Beinen ab.

»Du meinst *hier*?«, flüstert er und tastet sich vor. »Oder hier?«

Ich sinke ich in die Kissen zurück und Jasper macht weiter mit seiner Entdeckungstour. Ab und zu lenke ich ihn mit kleinen Geräuschen; das ist eine Schatzsuche für zwei.

»Hör nicht auf«, flüstere ich.

Nur ein Sperrgebiet gibt es, markiert von meinem Tuch. Als ich mir sicher bin, dass Jasper das weiß, dass er auch wirklich den nötigen Abstand hält, da lasse ich mich endlich fallen, um irgendwo anders wie verwandelt anzukommen.

»Bist du –?«, fragt er mit geröteten Wangen, sieht mich neugierig an und fast ein bisschen stolz.

»Was glaubst du denn?«, frage ich.

*

Eigentlich merkwürdig: In Filmen sind die Leute immer müde, danach. Aber ich war nie wacher. Vielleicht, weil wir nicht alles gemacht haben, was man so machen kann. (Hat das jemals jemand?) Jedenfalls ist es, als fließe in meinen Adern ein Energydrink. Ich springe vom Bett, suche Slip und Rock und werfe Jasper seine Hose zu.

»Was –?«, fragt er verdattert, fährt sich durchs Haar. Wie

schön er aussieht, so verwuschelt-verwegen. Fast kuschle ich mich wieder unter die Decke, da riecht es so schön nach uns. Aber Katha, die Spontane, hat einen Plan.

»Wir machen einen Ausflug«, sage ich.

»Jetzt?«

»Jetzt.«

Ich bin schon angezogen. Jasper zögert eine Sekunde, dann fasst er einen Entschluss.

»In Ordnung, Katha Katharina«, sagt er und setzt sich auf. »Was du auch vorschlägst, ich bin dabei.«

*

Die Luft riecht nach Aufregung, Karamell und Zuckerwatte. In meinen Ohren das vertraute und vermisste Rattern. Der Zug wird hochgezogen, jedes Zahnrad sitzt in mir und löst etwas; ich kann es kaum erwarten. Am höchsten Punkt breitet sich die beleuchtete Stadt unter uns aus wie ein endloser, fliegender Teppich, gewoben von Zauberhänden. In dem Moment wünsche ich mir nichts mehr, als dass es losgeht. Jetzt, sofort.

Wir drücken unsere Beine aneinander. Jasper dreht den Kopf, sieht mich an und lächelt ein Lächeln, das zum Strahlen wird. Da kippen wir in die Senkrechte, im Bauch ein Gefühl wie frisch verliebt, im Hals ein wunderbarer Schrei. Da kommt der Looping, das leuchtende Herz.

Ich greife nach meinem Tuch und werfe es in die Nacht.

Vom Himmel fallen tausend Sterne.

Danke

Viele Menschen haben mir bei der Recherche für das Buch geholfen. Mein herzlicher Dank geht an Priv.-Doz. Dr. med. Natalie Garcia Bartels, an Elisabeth Decker, Lena Kläsgen, Eva Korn und alle meine GesprächspartnerInnen. Außerdem möchte ich mich bei Sarah Müller bedanken, die mich damals aus dem Stapel gefischt hat – und bei meinem fabelhaften Lektor Christian Walther.